東方學研究叢書

井上靖的中國文學視閾

盧茂君　著

目次

第一章
井上靖的中國文學地圖

　　每一位作家，都有一幅由創作的作品繪製而成的文學地圖。地圖上面每一處不同時期的人物和地點坐標，都是解讀作家創作文本及進入其深廣的內心世界不可或缺的文學密碼。作家的藝術生命靠他的文學地圖延續著，莎士比亞筆下的斯特拉福德，雨果筆下的巴黎，狄更斯筆下的倫敦，以及井上靖筆下的敦煌、樓蘭等都無不如此。

　　一個意味深長的現象是，作家文學地圖上的坐標原點，往往就是他童年記憶最深刻的地方，也是日後給作家的寫作帶來無盡素材和靈感的心靈故鄉。這故鄉可能是一處，也可能是多處。真實的和文學創作中藝術想像出來的兩個故鄉之間，是息息相關的。美國作家威爾第說「事實是，小說與地方的生活密不可分。」「地方提供了『發生了什麼事?誰在那裡?有誰來了?』的根據——這就是心的領域。」也就是地理為文學提供了藝術想像的領域和空間。這自然是研究作家作品的另一個獨特視野。本章節嘗試通過從井上靖文學地圖上的坐標原點開始探索，梳理出一部明晰的井上靖中國文學地圖，並由此呈現出這幅文學地圖所蘊含的思想內涵。

第一節　成長經歷——文學的萌芽期

一　幼年經歷

　　一九〇七年五月六日，井上靖生於北海道上川郡旭川町的三代軍醫世家。井上家族原籍在靜岡縣田方郡上狩野村的湯島。其父井上隼

雄出生在上狩野村門野原，本姓石渡，從金澤醫學專科學校畢業後成為一名軍醫，後與井上家長女八重結婚入贅改姓井上。井上靖三歲時被送到湯島，由外曾祖父的妾加乃撫養。把井上靖寄養在庶祖母加乃處最初原本是井上靖父母的權宜之計，但後來基於多方面原因不得不一直持續下去，而庶祖母則認為有井上家族的長子作為所謂的「人質」放在自己身邊，精神上有所寄託，也不願放手。井上靖在《我的成長史》一文中用「同盟」一詞來形容他與沒有血緣關係的庶祖母之間的關係。井上靖通過庶祖母的講述，瞭解到外曾祖父井上潔的事蹟以及外曾祖父與其恩師松本順之間的故事。在小說《道多爾先生的手套》裡，井上靖以小說的形式描述了外曾祖父與庶祖母之間的愛情以及其恩師松本順的事蹟。這段時期的經歷在一定程度上決定了井上靖後來的文學思想意識。井上靖曾說，在種種人際關係之中，他最欣賞的是師生關係，認為誨人不倦的先生與學而不厭的學生之間的情感，是永遠值得珍惜的。井上靖晚年創作的《孔子》，與其他作家的不同之處是他從一個弟子對孔子的敬仰之情著筆展開情節，其中對孔子及其弟子之間關係的描寫注入了自己對師之敬、對生之愛的感悟。

年幼的井上靖與庶祖母這樣一個孤獨的老人相依為伴，使他過早地體味到人生孤獨的一面；所生活的湯島一帶，旖旎的風光孕育了他對大自然敏銳的感覺。這對井上靖早期文學的本質——詩人的直觀和感覺的特質的形成，起著重要的作用。正如日本評論家福田宏年所說，「如果沒有這段特殊的童年經歷，就沒有以後的作家井上靖」。

一九一四年，井上靖進入湯島小學。當時的小學校長石渡盛雄是石渡家戶主，也就是父親井上隼雄的哥哥，井上靖的伯父。井上靖讀二年級時，姨母美琪從沼津女子學校畢業回到家鄉，並應聘於井上靖所在的小學。姨母和母親八重一樣美麗，並疼愛井上靖，井上靖也喜歡年青美麗的姨母，或許在年幼的井上靖的心目中，姨母美琪不知不覺地代替了遠在他鄉的母親的形象，進而使井上靖把對母親的思念轉

化成了對姨母的喜愛。後來，美琪與同校的同事相愛，懷孕後退職。懷有身孕的美琪為避人耳目，夜晚乘人力車出嫁，不久便患病去世。這一情節，井上靖在自傳體小說《雪蟲》中有一段優美的描寫。這位青春早逝的姨母在井上靖的心中成長、昇華，最後發展成為一種永恆的女性形象。井上靖曾在其隨筆《我想寫的女性》（1957年）中寫道：「我想什麼時候在我的作品中寫四種類型的女性。一是油畫家岸田劉生[1]的作品《初期手筆浮世繪》中的那類女性，不順從的表情、雜亂的穿著、扭轉著多少有些淫蕩的軀體、強烈的欲望，但卻有些淡淡的憂愁；而另一種類型正好與之相反，是油畫家黑田清輝[2]的名作《湖畔》中清純秀美的女性；第三種類型是法國作家司湯達《紅與黑》中的瑞那夫人，有才氣、美貌、優雅；第四種類型是歷史上實際存在的女性，豐臣秀吉的側室茶茶，雖然很多作家都對其進行過描寫，但我還是想在幾部作品中描寫各個時期的茶茶。茶茶是當時當權者最寵愛的愛妾，也是秀賴的母親，出身近江名門淺井，一生歷經波折，最後城池失守，死於烈焰之中。最後，我想寫像唐招提寺中如來佛立身像那般高貴的女性」。[3]或許可以說，井上靖的小說《射程》中的三石多津子、《冰壁》中的美那子、《風林火山》中的由布姬，以及一系列中國題材歷史小說中的女性形象，如《敦煌》中的西夏女子、回紇王族女，《樓蘭》中年輕的先王王后，《漆胡樽》中的匈奴女子，《異域人》中的于闐女子，《狼災記》中的鐵勒族女子，《洪水》中的阿夏族女子以及《蒼狼》中成吉思汗的愛妃忽蘭，都可以說是這位年青美貌的姨母的化身。

1　岸田劉生（1891-1929）：日本大正昭和初期油畫家。代表作有《麗子像》系列作品等。

2　黑田清輝（1866-1924）：日本明治時期油畫家。主要作品有《讀書》《湖畔》《昔語》《朝妝》等。

3　井上靖：《井上靖全集》，卷24，頁483-484。

　　小學六年級時，庶祖母加乃去世。為了考取中學，井上靖來到父親所在的軍隊駐地濱松。庶祖母的離世和環境的變遷強烈衝擊著年少的井上靖的心靈，使他未能考取濱松一中。但是第二年的四月他卻以第一名的成績升入中學。入學後不久，在靜岡縣優等生選拔會考中又獲得了一等獎。然而，中學二年級時，由於父親轉任臺北衛戍區醫院院長，井上靖只好轉學到沼津中學，住在三島的伯母家。也許是缺少雙親管束的緣故，井上靖的成績一直下降，三年級複讀時，被送到沼津的寺院寄宿。也就是在這段時期他交上了愛好文學的朋友，井上靖心中的文學就這樣開始萌芽。自傳體小說《夏草冬濤》描寫的就是沼津中學時代的故事。作品還描寫了主人公性的覺醒和潛在於主人公精神世界的自卑感，這些都集中體現在一個鄉下長大的少年對都市來的親戚家漂亮姐妹表現出來的愛慕與畏縮的複雜情感之中。

　　從缺失體驗這一創作心理角度去追尋井上靖文學作品的創作歷程，我們依稀可以尋繹到誘發其小說創作的缺失性體驗。缺失體驗是指主體因對生活經歷中的精神或物質方面的某種缺失而造成的不平衡的心理體驗。缺失是由人的需要得不到滿足而造成的，它可以視為作家投入文學創作以彌補這一缺失的心理動因。人本主義心理學家馬斯洛曾把人的需要分為金字塔式的七個層次：生理需要、安全需要、歸屬與愛的需要、尊重的需要、認識需要、審美需要以及自我實現的需要。人總是從滿足最基本的生理需要開始，不斷地去追求更高層次的需要，因此，缺失就成為必然。一般說來，作家的缺失越多，其缺失體驗就越強烈。缺失激發主體的情感反應和認知活力，使主體的想像力更活躍，從而將自己內心欲望所形成的意象幻化到某一現實對應物，或以虛擬性的文學創作形式替代這一欲望的實現，從而調節缺失的平衡。許多作家的創作動因，都源於本身缺失體驗的自發。

　　如評論家福田宏年所說的那樣，「從井上靖的幼年和少年時代來看，我們不得不說他與世間一般的人相比格外特別」。儘管父母雙親

健在，但他卻由於某種原因不得不遠離父母，與毫無血緣關係的庶祖
母一起，在一個倉庫中度過幼年時代。少年時期，由於父親工作經常
調動，又不得不離開父母，獨自一人度過毫無約束的中學時代。高中
時代，又過著禁慾式的柔道生活。井上靖在他的自傳和自傳體小說
《羅漢柏物語》（1953）、《雪蟲》（1960）、《夏草冬濤》（1964）、《北
方的海》（1968）中，對這段時期的經歷都做過詳盡的描寫。《羅漢柏
物語》和其它三部自傳體小說有所不同，《羅漢柏物語》的主人公取
名為梶鯰太，而其它三部自傳體小說的主人公的名字都是洪作（伊上
洪作）。在內容上，《雪蟲》、《夏草冬濤》、《北方的海》分別講述的是
洪作小學時期、中學時期和升入高中前後的故事，而《羅漢柏物語》
則是以長篇小說的形式講述主人公梶鯰太的小學時期、中學時期、大
學畢業後進入報社，再經歷戰爭和戰敗體驗的成長過程。評論家三枝
康高認為《羅漢柏物語》是井上靖本人的成長小說，而龜井勝一郎則
認為這正是井上靖文學中「詩與真實」的部分。福田宏年認為，在作
品中作家個人的情感與主人公梶鯰太的意識相重合，從這部作品中可
以挖掘出潛在於井上靖精神世界的自卑感，而這種自卑感成為井上靖
文學的最初萌芽。井上靖在《我的成長史》中說道：「這種自卑感，
變換著各種形式，直至後來很長時間都支配著我這個人」。[4]

二　詩的洗禮

　　一九二六年四月，井上靖考入第四高等學校理科，並加入了學校
的柔道部。井上靖試圖改變自己以往的散漫生活，沒日沒夜地投入到
禁慾式的柔道練習當中。與中學時代的散漫生活相比，柔道訓練是極
為嚴酷的。井上靖在《我的成長史》中這樣回憶道：「我們並不是為

4　〔日〕井上靖：《私の自己形成史》，《井上靖全集》（東京：新潮社，1999年），卷
　　23，頁33。

了成為有名的柔道選手而練習柔道，只是想以這種方式渡過自己的青春。柔道訓練比我後來經歷的軍隊生活更為艱苦，但卻與軍隊生活不同，軍隊生活完全是強制執行，柔道訓練卻是自我約束。我們的道場就像一座修道院」。[5]也許正是柔道訓練這段「修道院」式生活經歷，使井上靖文學增添了自我抑制的禁欲色彩。然而，三年級時，在柔道練習強度等問題上與師兄發生衝突，井上靖最後從柔道部退出。離開柔道，失去精神支柱的井上靖又將目光投向了久違的文學領域。

在沼津中學四年級時，同是中考落榜生的文學好友藤井壽雄將名為《秋天》的詩拿給井上靖看。這是井上靖人生中第一次接觸到的詩：

> 秋天來了
>
> 鏗鏘鏗鏘
>
> 敲擊石英的聲音

僅僅三行的詩，卻使得少年的井上靖開始意識到詩的力量，並認定這就是自己文學生涯中「詩的洗禮」。[6]在那之後的三、四年裡，也就是金沢高中時代，井上靖接觸到室生犀星（1889-1962）的詩集《鶴》、荻原朔太郎（1886-1972）的詩集《冰島》，被其深深吸引，並由此逐漸認識到詩的內涵。這對於青春時期的井上靖來說是極為重要的事情。井上靖在一次講演中回憶起這段時光時說道：「我一直被犀星和荻原朔太郎的詩所吸引，很難想像如果沒有這兩位詩人，我的青春會是怎樣」。[7]與井上靖青春時期密切相關的詩集還有三好達治

---

5 〔日〕井上靖：《私の自己形成史》，《井上靖全集》（東京：新潮社，1999年），卷23，頁37。

6 〔日〕井上靖：《講演 詩と私》，《井上靖全集》（東京：新潮社，1999年），卷24，頁408。

7 〔日〕井上靖：《講演 詩と私》，《井上靖全集》（東京：新潮社，1999年），卷24，頁409。

（1900-1964）的《測量船》。這三部詩集使青春時期的井上靖認識到真正的詩，並由此與詩結下一生的緣分。

也就是在這個時期，井上靖開始嘗試創作詩歌，並向富山縣高岡市的詩刊《日本海詩人》投稿。一九二九年二月，井上靖以筆名井上泰在《日本海詩人》發表第一首詩《冬天到來的那天》。此後，在《日本海詩人》共發表十三首詩作。十一月，與通過詩刊《日本海詩人》結識的宮崎健三、久湊信一一同創辦詩刊《北冠》，共發行三期，一九三〇年十月停刊。這期間，井上靖共發表了七首詩，其中，最有名的是描寫湯島村莊少女的《驚異》。由此，井上靖開始了他的文學自由成長時代。

一九三〇年，井上靖進入九州帝大法律文學系英文專業學習，三個月後便失去求學興趣，離開福岡，前往東京，住在駒込的花房二樓，沉溺於閱讀文學書籍。此時，文學志向已在井上靖的心中基本定型。同年十二月，井上靖與白戶鬱之助等人一起創辦雜誌《文學abc》。《文學 abc》只發行一期便停刊，在這一期中，共發表六首井上靖的散文詩。此後，井上靖還加盟福田正夫主辦的雜誌《焰》，每天乘京工線從駒入到世塚的福田家去專心習詩。這段時期，井上靖結識了作家辻潤生、荻原朔太郎等人。這兩位作家對井上靖的影響極為深刻，井上靖在《青春放浪》和《我的文學軌跡》中都對這兩位作家進行過詳盡的描述。此後，井上靖還多次參加有獎徵文，並多次入選。他曾回憶道：「第一次寫小說是在高中畢業進入九大文科，住在東京駒込的花房二樓時，……我用筆名參加《新青年》的有獎徵文，小說被採用了。這是我第一次寫小說，創作動機完全是為了獎金。現在，那篇小說發表的雜誌和當時的筆名已全然忘卻了」。經調查，井上靖當時發表的作品名為《謎女》，筆名為冬木荒之介，發表於一九三二年三月號的《新青年》。第二篇有獎徵文小說《夜靄》也在同一時期以同一筆名發表。

　　井上靖似乎是一個與「獲獎」很有緣分的作家，在獲得「芥川
獎」進入文壇後，又先後獲得「文藝選獎文部大臣獎」「藝術院獎」
「野間文藝獎」「每日藝術大獎」「讀賣文學獎」「新潮日本文學大
獎」等日本知名文學大獎。而在正式登上文壇之前的文學自由成長時
期，參加各種形式的有獎徵文也屢屢獲獎。

　　一九三二年三月，井上靖從九州帝大退學，進入京都帝國大文學
部哲學專業，受教於植田壽藏博士門下，專攻美學。雖說進了京都帝
大，卻幾乎沒上過課，每天都在吉田山住處附近的小酒館喝酒。但這
期間，井上靖仍在不斷地發表新詩。除繼續在詩刊《焰》上發表新詩
之外，還在詩刊《日本詩壇》、《日本詩》上發表新作。此間他還和哲
學專業的朋友創辦了雜誌《聖餐》，雖然也是刊出三期後便停刊，但
此時的井上靖對詩的理解和創作手法已經逐漸定型。《聖餐》同人
中，與井上靖來往最為密切的是高安敬義。高安敬義是位非常有才華
的青年，在日本侵華戰爭初期被征入伍，命喪中國大陸。井上靖多次
作詩悼念這位密友：「一想起這位朋友的不幸，我的心至今還在作
痛」。[8]

　　一九三五年十一月，井上靖與京都帝大名譽教授足立文太郎的長
女富美結婚。足立的原籍也在伊豆，與井上家族有親緣關係。足立文
太郎是一位世界知名的解剖學家，他就是井上靖的作品《比良的石楠
花》中老解剖學家三池俊太郎的原型。在生活和治學態度方面，井上
靖深受這位老學者的影響。他在《我的形成史》中這樣回憶道：「戰
爭期間，岳父將工作內容分批整理送往國外的大學或圖書館。在外人
看來，這是一項付諸一生努力也得不到任何回報的工作，但岳父卻沒
有任何懈怠地繼續研究。對岳父來講，工作之外別無他物，甚至沒有

8　〔日〕井上靖：《我が青春放浪》，《井上靖全集》（東京：新潮社，1999年），卷
　23，頁218。

時間去考慮生命安危和國家命運等事」。[9]也許可以說，這種嚴謹的治學態度正是井上家族的傳統。除岳父足立文太郎外，井上靖的曾祖父井上潔也是如此。還有，祖父秀雄是日本香菇栽培的先驅此外，其長子石渡盛雄也是一個有著強烈治學志向的人，他也是井上靖就讀的小學的校長。置身於這種環境之中，井上靖對學術自然充滿了敬意，並憧憬自己也成為一個有學之人，有識之士。在當時的日本，對學者和學術抱有敵意和輕視態度的大有人在，這在某種意義上與當時的反權威主義不無關聯。然而井上靖對學術的尊嚴卻懷有敬畏的特殊情感，這也許正是《天平之甍》、《樓蘭》等與學問、文化史相關的小說得以產生的基礎。

一九三三年，在京大讀書時的井上靖囊中羞澀，為得到《Sunday 每日》設立的有獎徵文的獎金而開始寫作投稿，所幸，投稿作品被評為選外佳作。其後，一九三四年以筆名澤木信乃發表小說《初戀故事》，獲得獎金三百日元。一九三六年，也就是井上靖大學畢業的那年，其創作的小說《流轉》獲得了第一屆千葉龜雄獎（日本大眾文學獎項）。小說獲獎後，有兩三家雜誌社邀請他寫大眾小說。這對於想賺錢的井上靖而言，應該是很有吸引力的。但是井上靖完全沒有寫大眾小說之意，拒絕了雜誌社的邀請。正如評論家篠田一士指出的那樣：「這表明井上靖與其以文學為求生手段，不如在生活以外的地方，保持自己文學的純潔性」。[10]獲得千葉龜雄獎後，井上靖在大學畢業後得以直接進入《每日新聞》大阪總部工作。

如前所述，產生於井上靖幼年時期的自卑感是井上靖文學形成的重要因素之一。而形成這種自卑感的原因，除前文論及的鄉下少年面對都市的畏縮情感之外，另一個原因恐怕就是三番五次的考試失敗。

---

9 〔日〕井上靖：《我が青春放浪》，《井上靖全集》（東京：新潮社，1999年），卷23，頁25。

10 〔日〕篠田一士：《井上靖的文學道路》，《文化譯叢》1982年第1期。

只有讀小學一帆風順，以後無論是考初中、高中還是大學都幾經周折。大學畢業時，井上靖已三十歲，並有妻室。這些對一個青年敏銳的感受力產生了不可估量的影響。井上靖的許多作品中都有對這種自卑感的描寫，例如《一個冒名畫家的生涯》就是圍繞自卑感這個主題，描寫了一個製作名人贗品的畫家的足跡；而《敦煌》中因瞌睡而失去考進士機會的趙行德也可以說是作者本人的投影。

第二節　十年新聞記者──文學的醞釀期

一九三六年，小說《流轉》獲得了首屆千葉龜雄獎後，井上靖得以直接進入《每日新聞》大阪總部工作。入社後不久，日本軍國主義發動侵華戰爭，井上靖被征入伍加入名古屋野戰炮第三團，被送往中國北部地區。四個月後，因腳氣病發作，被送回日本國內。也許是因為戰場經歷短暫的緣故，井上靖創作的文學作品很少直接涉及到這段經歷和戰爭感受，這也正是井上靖與日本戰後派作家的區別之所在。與其他日本的戰後派作家們相比，井上靖沒有硝煙彌漫、血雨腥風的戰場體驗，因此，也無法從社會的、思想的深度去挖掘戰爭素材進行創作，而這也正是井上靖文學作品被誤讀最多的地方。實際上，井上靖撰寫過數篇隨筆、散文詩來緬懷戰時逝去的友人和描述戰時、戰後感受的文章，但是因為中國學者對其中國題材歷史小說過於集中翻譯研究，而忽視了這部分內容，導致我們對井上靖的戰爭觀產生了誤解。此外，在其創作的中國題材歷史小說作品中也能夠看出其對戰爭的文學反思，而這部分內容，長期以來一直被中國題材的內容遮蔽，沒能引起學者的關注。有關這部分內容，本書將進行專節討論。

從戰場回來的井上靖又返回到每日新聞社學藝部工作。學藝部的部長井上吉次郎在當時的日本新聞界和民俗研究界都很知名。井上靖的周圍，類似的學者型名人還有許多。他們專業、嚴謹，所以，井上

靖在工作中不能有絲毫鬆懈。最初，井上靖擔任宗教記者，負責佛教經典解說。原本對於宗教知之甚少，而且毫無興趣的井上靖，每週必須寫一篇關於宗教的文章，因而不得不苦心鑽研《般若心經》《華岩經》《淨土三部經》《碧岩經》《瑞研經》等經典。作為宗教記者在學藝欄中寫的佛經解說，為後來創作《澄賢房覺書》、《天平之甍》和《敦煌》等作品奠定了佛教經典方面的基礎。在擔任宗教記者工作一年後，轉而負責執筆美術評論，發表了大量的詩評和畫論。這一時期，井上靖還到京都大學研究所研究美學，他的美學知識大半是在這一時期積累起來的。井上靖原本感覺敏銳，對繪畫藝術具有很強的感受性和鑒賞能力，加之十餘年美術記者的經歷，進一步磨煉了其後作品中獨具特色的「繪畫性格」。在探索藝術美的本質特徵方面，具有一定的理論和實踐經驗，進而使他能有意識地按照美學的規律從事小說創作。他的作品每每展現猶如詩歌、繪畫中常見的精練語言、造型和韻律，創造出感人的美的意境。他的小說既有詩的意境，又有畫的形象，作品中的人物恍如在平靜的畫面上躍動，飄逸著濃郁的詩情畫意。井上靖的許多作品都突出了靜謐的繪畫式場景，並且輪廓十分鮮明和清晰。小說《比良的石楠花》中描寫的比良山山坡上盛開著一大片白色的石楠花，《記憶》裡佇立在車站柵欄旁黑暗處的父母形象，《旋渦》中熊野灘鬼城岩礁間的旋渦……這些清晰的場景不僅僅是一幅幅畫面，而是作者詩意的心理形象的外化。貫穿這些心理形象的正是作者獨具的文學繪畫氣質。在文學創作中，井上靖把這一幅幅鮮明而清晰的場景畫面進而昇華為一種意象，凸顯作品的主題和主旋律。

　　在這些繪畫般的形象中，最具代表性的是散文詩《獵槍》中的「白色河床」。

　　　　即使如今我置身在都市雜遝之中，有時也會猝然想起要像那個
　　　獵人那樣行走。徐緩地、沉靜地、淡漠地──在窺見人生的白

色河床的中年人的孤獨精神和肉體兩方面，同時增加逐漸滲入
似的重量感的，不仍然是那枝擦亮了的獵槍嗎？[11]

　　「白色河床」是在生命的進程中，尋找自我坐標的中年男子的心
象風景底層裡感傷之光的折射。井上靖把人生喻為一條乾涸的「白色
河床」，從處女作《獵槍》、《鬥牛》到絕筆之作《孔子》，其共有的普
遍性就是這人生的「白色河床」。它所營造的孤獨悲涼的氛圍，如同
一根主軸始終貫穿於井上靖小說創作主題之中，並形成井上靖文學的
原型。

　　「白色河床」所代表的孤獨到底是從何處產生的？井上靖寫過一
個短篇《棄母山》，探討了家族中脫離現實之心與世襲的「遁世之
志」的關聯。井上靖身為軍醫的父親井上隼雄，晚年幾乎足不出戶地
在鄉下度過了三十年的餘生；母親曾透露過想被棄於棄母山的意願；
妹妹婚後有兩個孩子，卻不知為何一個人從婆家跑了出來；弟弟在報
社幹得一帆風順時卻突然辭職，歸隱田園。另外，井上靖的曾祖父井
上潔，五十歲時辭去了軍醫職務回到鄉下。井上家族「遁世之志」的
血統可謂代代相傳，如果追溯井上家族的家譜，可以找到很多這樣的
人。井上靖在《我的成長史》中回顧自己的新聞記者生活時做過這樣
的評價：「報社這種工作環境中雜居著兩種人，一種是有競爭之心的
人；另一種是完全放棄競爭的人。我從進報社的第一天起，不管是喜
歡還是不喜歡，就不得不放棄競爭」。[12]井上靖用「放棄」一詞來表
達他的「遁世之志」。《一個冒名畫家的生涯》中的主人公和《敦
煌》中的趙行德，都是所謂放棄人生的人。另一方面，井上靖在
《我的成長史》中還談到：「我敵視父母對人生的保守態度，應該

---

11 〔日〕井上靖：《獵槍》，《井上靖全集》（東京：新潮社，1999年），卷1，頁24。
12 〔日〕井上靖：《我が自己形成史》，《井上靖全集》（東京：新潮社，1999年），卷
　　23，頁39。

一直與之鬥爭」。[13]這種激憤表現在《鬥牛》、《黑蝴蝶》和《射程》等作品中。日本文學界通常根據《獵槍》和《鬥牛》這兩部處女作，把井上靖的作品分為兩種類型，這正像一個盾牌的表裡兩面，《獵槍》代表遁世的世界，《鬥牛》代表行動的世界。它們共同構築了井上靖內心世界充滿矛盾的兩大對立面，暗示著井上靖內心遁世血統與反抗行動之間的相互對立和互為作用，從而形成井上靖小說的整體特徵。福田宏年這樣分析道：「《獵槍》系列的作品所表現的背向世間的孤獨姿態，與《鬥牛》系列所反映的行動人要素，決不是彼此對立的兩個要素。換言之，他正因為背負著孤獨與虛無的陰翳，才不顧一切地奔忙於行動」。[14]

「白色河床」的主題如一陣清風，吹入日本戰後由第一次戰後派的黑暗主題主導的文學陣營，引起了廣泛的關注。「白色河床」所象徵的精神狀態並不是近代意義上的虛無主義，也不同於佛教的無常觀，更不是單純的保守觀念，而是深潛於內心深處的複雜的命運光芒的折射，是人的生命原型的凝結，是詩人井上靖氣質的核心。在井上靖的作品中，視人生為一條乾涸的「白色河床」的觀念和主題不斷深化發展，進而在歷史小說中發展和延伸為對歷史人物、民族走向以及國家命運的探索。這類主題的歷史小說由先驅作品《玉碗記》、《異域人》、《行賀僧的淚》等短篇，拓展到《天平之甍》、《孔子》等長篇系列。

作品《天平之甍》刻畫了五個留學僧到中國邀請唐朝高僧鑒真和尚東渡日本過程中，超越個人意志，與自然和命運搏鬥的形象，可以說是「白色河床」發展深化的敘事詩。在作品《樓蘭》中，這種手法體現得更為徹底。羅布泊湖以一千五百年為週期向沙漠中心移動，而樓蘭正是羅布泊湖移動時被沙漠掩埋掉的一個小國。這本身就具有超

---

13 〔日〕井上靖：《我が自己形成史》，《井上靖全集》（東京：新潮社，1999年），卷23，頁22。

14 〔日〕福田宏年：《井上靖評伝覚》（東京：集英社，1974年），頁177-178。

越自然和歷史的難以抗拒的詩意。作品中的人物在歷史長河中漸漸淡去，而民族、國家、歷史的命運卻給人們留下了永恆的思考。

井上靖耄耋之年所著的《孔子》裡依然橫亙著這一條乾涸的「白色河床」，而且在歷史和文化的沉積中更加成熟、深刻。《孔子》中所表現的「白色河床」，彙集和深化了從《獵槍》的「河道」裡流淌出來的各種人物形象，是將個人、民族、國家的命運置於歷史的長河中進行的人生的總決算。

創作詩歌、學習美學、擔任記者，這三段經歷對井上靖後來的文學創作起到了極為重要的作用。詩歌創作使他的文學語言更為凝練，也使他的小說具有一種詩的意境；通過美學的學習，提高了審美情趣，使他能夠在文學創作中注意貫徹美學原則；長期從事新聞工作、周遊日本和世界各地，使他有機會廣泛接觸社會生活，積累豐富的社會經驗，培養敏銳的觀察能力和迅速處理素材的能力，並重視小說的敘事結構。同時，能夠在創作小說時將新聞採訪積累的各種事件融入到小說情節中。作為一個報社記者，強迫性的高速寫作，鍛煉了井上靖的文字功夫和隨機處理問題的判斷能力。井上靖的新聞記者時代為他日後成為作家積累了深厚的文化底蘊，可以說是其作家生涯的潛伏期和醞釀期。從作家生涯的角度來看，這十年新聞記者時期是井上靖文學創作的空白期，但這段空白並不是毫無價值的。這十年間，井上靖不斷地充實自我，靜觀時局，在最恰當的時期，長期蟄伏在內心深處的這種孕育變成一股不可抵擋的力量傾瀉出來，一發而不可收，使他能在登上文壇的短短十年內，創作出幾乎令人難以置信的大量的優秀作品。可以說，這恰恰是十年積累、沉澱、思考和孕育的必然結果。

第三節 「中間小說」——文學的發展期

繼《獵槍》《鬥牛》兩部處女作後，一九五〇年至一九六〇年的

十年間是井上靖文學創作的鼎盛期。這十年正值日本戰後經濟復蘇期。在戰後特定的歷史條件下，繼承日本近現代文學傳統的純文學呈多樣性的發展態勢，「中間小說」與大眾文學迅速崛起，成為日本文學的主流。日本的純文學主要是繼承私小說、心境小說的傳統並發展起來的，一直統治著戰前的日本文壇。戰後，日本諸多評論家和作家開始重新認識這一文學傳統，他們按照歐洲文藝理論以及一般文學發展的內在規律，認為這類小說缺乏作為小說的基本條件，不符合小說的基本要求。日本評論家伊藤整認為私小說最大的藝術特點是拒絕虛構，即拒絕藝術概括。私小說走向崩潰的根本原因是其作品喪失了社會性，而這一點恰恰是所有文學流派的生命。面對私小說崩潰的局面，許多純文學作家向大眾文學靠攏。大眾文學作品包含小說、戲劇、詩歌等題材，而並不是一個文學流派的名稱。「中間小說」是介乎於純文學與大眾文學之間，保持某種程度的純文學特色而又不失娛樂性的一種文學形式。中間小說首先發表在報紙上，所以也稱作「報紙小說」。昭和三〇年代（1955-1965），是日本中間小說創作的全盛時期。

　　井上靖的文學作品，正是從純文學走向大眾文學的一種過渡。他的小說，在高水準的讀者看來是對純文學的詮釋和普及；在水準較低的讀者看來，是對大眾文學的昇華。評論家河盛好藏說：「希望井上靖能使這種大眾文學性質的要素變得更新穎、更深、更廣。我確信井上靖的小說會為日本文學開拓出新的領域」。這裡所說的「新的領域」，就是指打破純文學和大眾文學之間的牢固界限，克服純文學題材的狹窄性，擺脫大眾文學的通俗性而進行的文學創作。在當時的日本文壇，井上靖以「中間小說」作家的身份迅速提高了知名度。他的作品既不失純文學的氣質與水準，又具有娛樂大眾的情節和特色，從而贏得了「有良心的中間小說」之美譽。

　　在一九八〇年代的日本文壇，諾貝爾文學獎候選人中呼聲最高的

是井上靖。但井上靖有一個致命的缺點：他是介於嚴肅作家（純文學作家）和通俗作家（大眾文學作家）之間的作家。四十多年來，諾貝爾文學獎可以授與一個歷史學家、哲學家或政治家，但從來沒有授與一個通俗文學作家。對此，當一九九一年井上靖去世，一些報紙採訪後來的諾貝爾文學獎獲得者大江健三郎（1935-）時，大江健三郎就曾直言不諱地說過：「井上先生不是一個思想深刻的小說家，也不是一個感覺銳利的詩人。可是，他一旦展開故事，其小說、詩便都呈現出獨特的魅力」。可以說，大江健三郎的這番話，是對井上靖作為「中間小說」作家及其作品做出的最好的評價。正是井上靖小說和詩的這種「獨特的魅力」，才使得井上靖及其文學創作具備了不朽的思想和藝術價值。

一九五四年發表的《明天來的客人》奠定了井上靖在日本文壇的地位，而鞏固其作家地位的作品則是一九五六年連載於朝日新聞的長篇小說《冰壁》。《冰壁》在當時的日本文壇引起了不小的轟動，並獲得一九五七年日本藝術院獎。這部小說的成功，標誌著井上靖的中間小說創作達到了頂峰。在這類報紙小說作品中，著名的還有《射程》（1956）、《欅樹》（1970）、《夜聲》（1967）、《比良的石楠花》（1950），以及《一個冒名畫家的生涯》（1950），等等。這些題材多樣的中間小說，主題和形式都達到了成熟的程度，從而確立了井上靖小說的定式，將他的中間小說創作推向了高潮，井上靖的中間小說創作，為戰後日本中間小說全盛期的到來作出了歷史性的貢獻，也進一步鞏固了他在戰後日本文學史上不可動搖的地位。

《冰壁》是以一九五五年日本某登山隊登山時，尼龍登山繩突然斷裂，導致登山隊員小阪死亡這一事件為素材創作的作品。小說描寫這一事件發生後，社會各界對死因做出的種種猜測。為澄清事實真相，尼龍登山繩廠對登山繩做了的抗衝擊模擬試驗，結果並未斷裂，這更使人們懷疑小阪的死是他殺。於是，人們對死者的隊友、小說的

主人公魚津產生了懷疑。魚津頂住種種壓力，在死者小阪的妹妹阿馨的支持和協助下，就尼龍登山繩性能的科學試驗和現場調查展開了艱苦的工作。隨著時間的流逝，人們對這起「尼龍繩事件」漸漸淡忘。但是，魚津卻仍堅持他的信念。最後在登山現場調查時，不幸被墜石擊中身亡。《冰壁》出版後，日本山岳會副會長、以山嶽為題材寫過十二卷小說的深田久彌（1903-1971）稱讚道：「作者用登山這一特殊題材創作了如此富有魅力和戲劇性的作品，我由衷地欽佩」。

　　在報紙小說《冰壁》連載期間，井上靖的歷史小說《天平之甍》也得以發表，在日本文壇上引起極大轟動。福田宏年評論說：「這標誌著井上靖從流行作家向歷史小說家的轉向。」

第四節　歷史小說 —— 文學的全盛期

　　井上靖說：「寫歷史小說的原因，是因為能夠從日本或中國的歷史人物中找出人類種種欲望的根源和極限，這種工作是樂趣無窮的。」井上靖的歷史題材小說內容涉及日本、中國、俄國、韓國、印度‧波斯甚至整個歐亞大陸的歷史事件。在這一類作品中，藝術成就最高、所占比重最大的是有關中國歷史題材的小說。中國極其豐富的文化遺產，浩如煙海的典籍，幾千年歷史上林林總總的驚心動魄的事件和偉大人物的故事，都是激發他寫作的強大動力。正如井上靖自己所說：「每一次在創作中國歷史人物為主人公的小說時，為了克服自己並不完全瞭解中國的局限，只有努力學習中國的典籍。這種學習過程，也是瞭解中國和激發創作激情的過程」。

　　一九五〇年四月《漆胡樽》的發表，使得井上靖成為日本戰後第一個創作中國歷史題材小說的作家，從而使戰前中島敦（1909-1942）、武田泰淳（1912-1976）等作家開創的中國題材小說的傳統在戰後得以延續，並對其後的歷史小說家產生了直接或間接的影響。井

上靖在中國題材歷史小說方面的開拓性，首先在於他最早將中日古代文化交流作為小說題材，這成為後來日本文壇中國歷史題材小說的基本題材和主題。在井上靖的中國題材歷史小說創作中，以中國古代西域為舞臺背景的作品——西域題材歷史小說——最有特色。他在當時無法親歷這些地區進行體驗觀察的情況下，憑藉對歷史資料的解讀，利用其豐富的想像力，創作出一系列相關作品，在日本現代文壇開闢了獨特天地，從而將廣袤無垠、充滿沙塵和黃土味的「大陸性」引進了日本文學之中。

井上靖的小說創作，大致可以一九五七年發表的中篇小說《天平之甍》為分界線，分為前後兩個時期。前期多以中間小說為主，後期多是歷史題材的小說。《天平之甍》被稱為真正意義上的歷史小說的開端。在井上靖的文學發展道路上，這部小說是他創作方向轉折的里程碑。作者滿懷對中國古代文化的嚮往，用純樸的紀實風格，追溯了唐代高僧鑒真為弘揚佛法東渡日本，以及日本年輕僧侶留學中國的歷史故事。在這部作品之前，已有可以稱得上長篇歷史小說雛形的短篇《漆胡樽》《異域人》《行賀僧的淚》等作品問世。這些短篇作品已充分顯露出井上靖歷史小說一貫的主題——在時間的流逝中人類的無助與無奈，以及無常的命運觀。同時，從這些作品中也可感受到井上靖的生命主題——「白色河床」的象徵意義。用平淡而不乏深情的筆觸寫人寫事，在悲哀中追求壯美，構成了井上靖歷史小說獨有的審美特色。正如王蒙對井上靖小說所稱道的：「他寫得深沉、細膩，富有真實感，娓娓動人，同時他又寫得相當『平淡』，不慌不忙，不露聲色，不加誇張修飾，不玩弄任何技巧地表達出人生中許多撕裂人心肝的痛苦。作品中表達出一種悲天憫人的心腸，一種超越了最初的情感波瀾的寧靜，一種飽經滄桑的對歷史、對社會、對人生的俯視，一種什麼都告訴了你的同時又什麼也沒有告訴你。我認為，只有經驗豐富的老作家才可能達到這樣的境界——爐火純青。」

　　井上靖的歷史小說取材，按國別可分為中國歷史題材小說（十八篇）、日本歷史題材小說（六篇）和其他亞洲國家歷史題材小說（三篇）。一九五〇年二月，《鬥牛》獲得日本文壇純文學最高獎項芥川獎，同年四月，《新潮》發表了第一篇中國題材短篇歷史小說《漆胡樽》。「由此可見，井上靖嶄露頭角就開始抒寫嚮往西域的夢。」到一九八九年絕筆之作《孔子》，井上靖四十多年的作家生涯裡，始終貫穿著對中國歷史題材小說的深入挖掘和創作，以及通過這類題材作品表達自己對戰爭的反思。

　　為便於理解井上靖的中國題材歷史小說創作，本文參考日本學者的諸多觀點，按照小說發表的時間順序，將其創作分為四個時期。

一　發展期（1950-1954）

　　第一個時期發表的作品都是短篇歷史小說，有《漆胡樽》（1950）、《玉碗記》（1951）、《異域人》（1953）、《行賀僧的淚》（1954）等。《漆胡樽》是以同名散文詩為原型創作的。井上靖的散文詩創作可追溯到　九四六年。一九四六年秋，奈良舉辦正倉院宮廷用品展。井上靖作為每日新聞社學藝部的記者前去採訪，看到名為漆胡樽的器具時，陷入了深深的思考：一千多年前西域的酒宴用具，怎麼會收藏在日本古代宮廷的寶物庫之中？百思不得其解。於是，井上靖開始展開想像，讓漆胡樽回歸西域沙漠，見證歷史。一千多年前，在羅布泊湖畔的綠洲上建樓蘭城而定居下來的人們，為尋找新水源而向鄯善國大遷移。井上靖從這個移動隊伍中一個青年的角度，描寫漆胡樽的命運。這個器具經歷過前漢盛期、後漢末期，最後於日本的天平年間，由遣唐使佐伯今毛人一行裝船帶回了日本，藏於正倉院深處。直至一千二百年後的一九四六年秋，才被移至戶外，沐浴在秋天白色的陽光下。

　　翌年，井上靖又完成了以器物為主人公的《玉碗記》。這個由安

閒天皇陵墓出土、被稱作玉碗的雕花器皿與正倉院的宮廷用品白琉璃碗一模一樣。年輕的考古學家推定兩者都是波斯蕭霜王朝的物品，想像它們是經由漫長的絲綢之路渡過大海，分別被獻給安閒天皇和皇后。一千餘年後，失散了的兩件器物被靜靜地陳列在正倉院的一室內。那感人的相遇場面是由「我」來見證的。這篇小說的主人公是一件器物，它輾轉流傳的悲慘命運便是小說的主題。《漆胡樽》與《玉碗記》這兩篇作品可謂姐妹篇，都是井上靖對絲綢之路憧憬的結晶。

關於《異域人》中的班超，井上靖在《西域》一文中寫過小傳。井上靖在創作西域題材小說的最初，首先把對西域的嚮往之情，表現在對把半生獻給西域的班超的深切熱愛。井上靖把自身未能實現的夢想寄託於《異域人》中的班超身上。

《異域人》這篇小說的精彩之處是結尾部分。七十一歲高齡再不能夠勝任出使西域的班超，回到時隔三十年後的洛陽，在那裡他看到長年勞苦後的自己變成了一副奇怪的模樣，沙漠的黃塵改變了他的皮膚和眼睛的顏色，以至幼童呼喚他「胡人」。街上排列著異國物產的店鋪，行人的服飾華麗得令人眼花繚亂，胡人風俗流行於世。他見到自己的所有努力在這裡竟以奇怪的形式被毀掉，在死前的二十餘天才知道自己為之奮鬥一生的事業竟化成了虛無。他死後五年，漢室就放棄了西域，再次關閉玉門關。在最後一節中，班超半生勞苦一下子變得毫無意義，但他又自問：班超的半生真地沒有意義嗎？回答是「不」。區別人的行為是否有意義取決於歷史，而人的歷史說到底是在無數人的行為的基礎上構建的。從《異域人》中可以尋覓到存在於井上靖內心深處的「白色河床」的創作原型。

《行賀僧的淚》是描寫天平勝寶四年（752）乘第十次遣唐船入唐的留學僧的短篇小說。井上靖認為，留學僧的渡海航線是絲綢之路的延伸。據《扶桑略記》和《日本後記》中記載，行賀和仙雲確有其人。小說中出場的還有歷史上著名的人物：大使藤原清河、副使大伴

古磨和吉備真備、乘第八次遣唐船（717）入唐未歸的留學僧阿倍仲麻呂等。作者以簡潔的筆墨把他們刻畫得栩栩如生，通過確切的史實，描寫了行賀和仙雲兩個性格對立的僧侶的命運。高傲的仙雲是清河、真備、仲麻呂等人的直率的批評者。仙雲來到中國後，被大陸文化深深吸引，雲遊各地，甚至萌生了經由西域到釋迦牟尼的家鄉天竺朝拜的念頭。可以說他是井上靖的第一部長篇歷史小說《天平之甍》中戒融的前身。而另一個主人公行賀則是一個沉靜的學問僧。他常常埋頭抄經而樂此不疲，三十一年後如願回到日本。回日本後卻產生了一種不想跟任何人交流的心理，面對奈良東大寺和尚們的提問，竟然一句也答不出來，表現出特立獨行者的孤單感。從某種意義上說，與仙雲相對而言，行賀是《天平之甍》中業行的前身，而在另一種意義上還可以說是普照的前身。唐朝的三十年歲月，給他心裡打下了深深的烙印，想到最終也沒有歸來的仲麻呂、清河、仙雲等人與已然歸來的自己命運截然不同，他覺得東大寺的和尚們這些關於宗義之類的提問，根本觸及不到自己思想的核心。他所想的是與東大寺的僧侶們生活的世界全然不同的另一個世界。所以，要他把另一個世界的想法翻譯成普通的語言是辦不到的，也無法傳達給他們。於是，行賀把自己關在興福寺一隅，拒絕會客，專心伏案，注疏經文。這些接觸到與俗世完全不同的另一個世界的人，胸中隱藏著無法表達出來的真情，所以不得不在這個寂寞孤絕的世界中生存下去。這個世界就是井上靖從處女作以來一直關注的「白色河床」的主題，而《行賀僧的淚》就是這類主題的延伸。

二　成熟期（1957-1961）

這一時期是井上靖歷史小說的創作手法、創作風格形成和成熟期。作品有《天平之甍》（1957）、《樓蘭》（1958）、《敦煌》（1959）、

《洪水》（1959）、《蒼狼》（1959-1960）、《狼災記》（1961）等。這一時期的作品將學者型的求真、求知的識別能力和感知客觀世界的藝術激情成功地融為一體，其營造特定歷史氛圍、歷史情景的能力頗受學界稱道。《天平之甍》是井上靖的第一部長篇歷史小說，也是這一時期的代表作。一九五八年獲日本藝術選獎文部大臣獎。在這一時期，以西域古國為舞臺的西域小說創作進一步展開，《樓蘭》、《敦煌》獲得一九六〇年日本每日藝術大獎。

　　一九五九年發表在《聲》上的《洪水》，是以史書的零散記載為依據創作的短篇小說。正如井上靖在自作題解中所說，創作素材來源於中國最古老的地理書《水經注‧河水篇》。原文用簡短的文字記述了出身於敦煌的主人公索勘降伏呼沱河激流的故事。井上靖僅用這簡短的「兩三行」史料就寫出了前半部分，成為小說最精彩之筆。與故事的主人公命運相關的阿夏族女子最後被洪水吞沒的情節則是由作者虛構出來的。

　　《蒼狼》是這一時期另一部重要的長篇歷史小說。作品描述了一代天驕成吉思汗的一生和整個蒙古民族的興盛史。根據那柯通世譯的《成吉思汗實錄》和其他史料構思而成。小說發表後，在日本文壇引發了關於歷史小說創作手法的爭論，即著名的「狼原理」論爭。

　　《狼災記》是井上靖「狼系列」中的一個短篇，小說借用與唐傳奇相類似的文體形式，敘述了一個發生在秦代的中國西域故事。秦二世胡亥當政時，邊將陸沈康在長城外討伐匈奴，聞知太子扶蘇和大將蒙恬被迫自盡後，便班師回朝。陸沈康生性殘暴，曾用十分殘忍的手段殺害匈奴俘虜。途中路過一個鐵勒族村落，強行劫奪一個異族女子同居，後來他們兩人均變成了野狼，在蠻荒的曠野中遊蕩。一天，陸沈康的軍中故友打此地路過時，出自懷舊的心情，陸沈康一度恢復人性並講起了人話。未己，他又狼性發作，撲將上去咬死了昔日的朋友。

三　全盛期（1963-1969）

　　這一時期的作品的題材比較廣泛，有繼續前期以西域為舞臺結構內容走勢的小說敘事，也有以中國歷史上一些人物和事件作為題材來源的新型創作，如《明妃曲》（1963）、《楊貴妃傳》（1963-1965）、《宦者中行說》（1963）、《褒姒的笑》（1964）、《永泰公主的項鍊》（1964）、《昆侖玉》（1967）、《聖人》（1969）等。這一時期作家的創作風格有了明顯的變化，自「狼論爭」之後，《楊貴妃傳》、《風濤》等作品的敘述更注重客觀的、符合歷史。井上靖的許多中國歷史題材小說，是在未進行實地考察的情況下創作的。但這一時期的短篇小說《永泰公主的項鍊》，卻是根據一九六三年參觀西安永泰公主墓時的所見所聞構思而成的。

　　《明妃曲》運用現代小說的技巧手法描述歷史故事，藉匈奴人迷田津岡講述了有關王昭君的傳奇。作品顛覆否定昭君被迫外嫁的悲劇性故事結構，塑造了一個為愛情而遠走西域的新型昭君形象。昭君深居後宮，得不到愛情。此時，出使漢朝的匈奴青年呼韓邪單于的長子如癡如狂地愛上了她，昭君於是自請遠嫁胡地。然而，在那裡等待她的卻是青年年邁的父親。昭君一度絕望，但在青年呼韓邪單于的激勵下，終於等到老單于去世，成為新單于最鍾愛的妻子。

　　唐代詩人白居易的《長恨歌》傳入日本後，在接受的過程中漸次受到追捧，楊貴妃成為日本人最為熟知的中國歷史人物之一。楊貴妃與唐明皇的愛情以及最後的悲慘結局，與《源氏物語》所代表的日本文學纖細感傷的審美情趣相吻合，激起了日本人的同情和感歎。因此，日本古代詩歌、戲劇、繪畫等藝術形式中，以楊貴妃為題材的作品屢見不鮮。楊貴妃成了「美人」與「可憐」的代名詞。近代以來，著名作家菊池寬的劇本《玄宗的心情》，以及奧野信太郎、近藤經一、飯澤匡等人的同一題材的戲劇，都被搬上了舞臺。但是，以楊貴

妃為題材的長篇傳記小說卻始於井上靖。井上靖的《楊貴妃》從楊玉環被招入宮起筆，一直寫到馬嵬兵變，楊貴妃被縊身亡。小說以楊貴妃的命運為主線，兼顧唐明皇、李林甫、安祿山、高力士，楊貴妃的哥哥楊國忠及三個姐姐等貴妃身邊的若干人物。通過描寫楊貴妃命運的變遷、悲慘的結局，以及周圍相關人物間錯綜複雜的關係，表現了唐代政權、社會及宮廷生活的動盪與危機。

在《楊貴妃》中，井上靖不像其他傳記作品那樣，單純地從楊貴妃荒淫誤國處落筆，施以斧鉞，將其視為單向極化的「惡」的化身；而是根據歷史的邏輯、人學的原理與自己的審美追求，努力揭示出楊貴妃身上矛盾對立的多重性格，將其還原為一個活生生的人。在井上靖看來，作為給唐代帶來許多不幸與災難的歷史人物，楊貴妃當然是可惡的，但在當時的歷史背景下，她的行為邏輯必有其合理因素，歷史並非我們想像得那樣簡單和絕對。正是立足於此，井上靖在對楊貴妃進行藝術轉化時，以學者獨到的睿智和審視力，以及歷史的、審美的、人性的尺度，筆分五彩地描繪了楊貴妃的一生。這種描寫極大地豐富和深化了楊貴妃性格的內涵，有效地避免了因過分典型化造成的貶斥弊病。這與上述有關楊貴妃「惡欲」的描寫看似矛盾抵牾，其實恰恰反映了作者對歷史和藝術豐富性、複雜性的深刻理解和把握。對民間、野史流傳甚廣的楊貴妃與安祿山「有染說」，作者採取了點到為止，不作渲染的態度。這並不是井上靖有意規避人性或非人性、反人性的，而是建立在對人性深刻理解的基礎之上，出於藝術和從個人生存方式的合乎人性的詮釋，恰恰反映出井上靖高雅的藝術格調和旨趣。

短篇小說《宦者中行說》是以《史記》為依據寫成的。歷史上確有中行說其人。據史書記載：

老上稽粥單于初立，孝文皇帝復遣宗室女公主為單于氏，使宦

者燕人中行說傅公主。說不欲行，漢強使之。說曰：『必我行
也，為漢患者。』中行說既至，因降單于，單于甚親幸之。
　　　　　　　　　　　——《史記‧匈奴列傳第五十》

　　作者談到「中行說，是個匈奴迷，他以宦者獨特的機靈與感受
性，接受了常人不懂的匈奴這一民族具有的獨特魅力」。並對歷史進
行了新的解釋，但小說中所描寫的人物活動卻沒有超出史實的範圍。
　　《昆侖玉》是由兩部分構成的中篇小說。前半部分寫的是中國五
代時期（十世紀中葉）兩個被寶石迷住的年輕人的西域之行，後半部
分十八世紀中葉的探寶之行的中心人物是珠寶商。作者在小說的結尾
處這樣寫道：「今天，人們認為羅布泊的湖水與黃河水相連的說法是
一種古代傳說。但是，兩千年來，這個傳說卻一直貫穿著中國的歷
史，有人否定，有人肯定」。其實，這部小說的真正主角是悠久的時
間長河。在長達兩千年之久的時間長河中，時間和存在於時間之中的
人相互對峙，上演了一幕幕生動的戲劇。
　　《聖人》描寫的是天山腳下伊斯色克湖的傳說。在傳說中，現在
變成湖泊的地方以前是一片美麗的平原，平原上有數座繁榮的市鎮，
人們過著和平富庶的生活。一天，一個魔女到來，使鎮上的人完全墮
落了，山中美麗沉靜的市鎮頃刻間變成墮落的源頭。神看到這種情
形，大為震怒，一夜之間使市鎮浸滿了水，變成了今日的湖泊。
　　另一個傳說是：現在變成湖泊的地方，以前有一個市鎮，鎮裡的
人過著和平快樂的生活。這個鎮的唯一缺點就是只有一眼泉水。鎮裡
的人每天都要提壺去汲水，有一位聖者負責看管開泉的鑰匙。人們要
先從聖者那裡拿鑰匙，再去汲泉水，汲完後，鎖上泉，再把鑰匙還給
聖者。一天，一個姑娘沒有遵守這項規定。汲完水後，沉湎於與情侶
的綿綿情話，忘了及時把鑰匙還給聖者，等姑娘想到鑰匙時，為時已
晚，泉水不斷噴出，且無論如何都無法止住。幾天後，市鎮便沉沒於
水底。

　　井上靖根據後一個傳說創作了《聖人》。《聖人》是一篇寓言體歷史短篇。故事發生在西元前六世紀天山附近的薩卡族人村落。村裡只有一口井，有人看守。人們把井奉為神，把看井的老人奉為聖人。出於對聖人的敬畏，人們每天只能打一罐水，生活幸福，彼此和睦。後來，外界的新事物傳入村中，打破村裡的禁忌，推翻了人們心中對神的敬畏。災禍一天天地降臨，最後觸犯了井神，村落被淹沒了。小說講述了古代的傳說，也透折出對現實的諷喻。

四　絕筆之作（1981-1989）

　　這一時期，井上靖創作了他的絕筆力作《孔子》。一九八七年夏至一九八九年春在《新潮》雜誌上連載，一九八九年，新潮社出版了同名小說單行本，暢銷百萬餘冊。井上靖「晚至七十歲才讀《論語》，為之傾倒，八十歲又將《論語》編成小說，就是這一部《孔子》」。小說通過一個虛構的人物蔫姜來探索孔子思想的內涵。主題是借中國戰國時期來影射當今世界，探討人類社會的出路問題。

第五節　社會活動——文學的實踐

　　井上靖在將近半個世紀左右的時間裡縱橫捭闔在日本文壇，其文學創作活動歷時久、空間闊，作品內容涉獵廣、開掘深。與他的文學創作相伴的是如影隨形的社會文化交流活動，同樣影響廣泛。井上靖不僅是一位著作等身、勤於筆耕的天才作家，還是一位篤定熱心於國內文化建設，積極推動國際文化交流事業的社會活動家。他先後擔任過日本文藝家協會理事長、「川端康成紀念會」理事長、日本筆會會長、第四十七屆國際筆會東京大會運營委員長等公眾職務。從一九五五年起始一直擔任芥川獎評選委員會委員。相繼出訪過埃及、伊朗、

伊拉克、前蘇聯和美國等許多國家。到不同地區和國家旅行同時也為小說創作取材成為了井上靖文學的一個重要的特色和元素。井上靖登上文壇的年代（二十世紀五、六十年），正是日本社會動盪時期，當時的日本作家較為關注的是日本社會現實問題，創作的作品題材也多以日本社會現實問題為主。並且，戰後初期，反共、冷戰、遏制政策的中國觀在日本社會占主流，當時中日兩國之間沒有正常的邦交關係，中日兩國在文化等各領域的交流幾近於零，一般的日本人很難接觸到當時的中國人，所以日本的作家群體大都對中國不太關注，從事中國題材小說創作的日本作家更是少之又少。井上靖是日本戰後文學中第一個寫中國歷史題材的小說家，也可以說是戰後日本文壇中國題材歷史小說的主要開拓者。到中國旅行，為其中國題材歷史小說取材等林林總總的活動更是井上靖一生中非常重要的文學和社會活動，同時也是在中日兩國民間搭建友好橋樑的文化、文學交流活動。瞭解他在這方面的活動，對於解讀井上靖的文學創作尤其是出自他筆下的大量中國題材的歷史小說而言是個不可或缺的環井上靖從一九五七年起至一九八八年期間先後二十七次訪問中國，遊歷華北、華東、中原、華南以及西北邊疆地區，期間也創作了與此相關的隨筆和散文詩。

　　一九五六年三月二十三日，井上靖和中島健藏（1903-1979）、千田是也（1904-1994）等文化界著名人士發起成立了以促進日本和中國兩國人民的友誼和文化交流為宗旨的日中友好交流協會。協會創立之初，井上靖作為協會會員參與各項交流活動的策劃。當時，中國和日本兩國尚未建交，日本政府對中國採取敵視政策，致使民間往來困難重重。在中日兩國實現邦交正常化之前，日本中國文化交流協會曾為促進兩國人民友好交往起過穿針引線的作用，竭盡全力，廣泛團結要求日中友好的日本文化界人士和團體，積極開展活動，為一九七二年的中日邦交正常化做出了重要貢獻。中日邦交正常化之後，日中文化交流協會與中國文化界加快了交流的步伐，各界文化代表團頻繁互

訪。井上靖從一九七四年六月起擔任日中友協常任理事；一九七九年
七月任常任顧問；一九八〇年，繼中島健藏之後，擔任該協會的會
長，代表協會活躍在中日兩國民間外交的最前沿。井上靖擔任協會會
長的十年正是中日兩國關係的「蜜月」階段。井上靖對中國人民的熱
愛之情以及他為中日友好關係和文化交流作出的傑出貢獻，使他得到
了中國人民的尊敬與讚譽。一九八六年，北京大學授予井上靖「名譽
博士」稱號。

　　井上靖與中國文學界的友好互動開始於二十世紀五〇年代。一九
五七年十月二十六日至十一月二十二日，井上靖與山本健吉、中野重
治（1902-1979）、本多秋五（1908-2001）、十返肇（1914-1963）、堀
田善衛（1918-1998）、多田裕共計七人作為第二次世界大戰結束後第
二次訪問中國的日本民間友好團體——日本作家訪華團的成員，飛抵
北京對中國進行訪問，行程從首都北京經由上海最後一站是廣州。這
次訪華對井上靖來說，實際上是第一次真正意義上來到其歷史小說創
作中的現實舞臺。他曾多次向中國文化界人士講述自己初次訪問中國
時的激動心情。當時入住在相當於現在釣魚臺國賓館的北京飯店，井
上靖因為感到自己確實是身在渴望已久的北京，興奮得夜不能眠。雖
然在戰爭期間，井上靖曾應招入伍，到過中國華北地區，接觸到現實
的中國，但那個時期的井上靖並沒有開始中國題材的歷史小說創作活
動。戰後第一次來到中國，最讓井上靖吃驚不已的是中國國土之遼
闊。這也許是所有第一次來到中國的日本人印象最深的感觸。井上靖
深深感受到日本文化的特性是植根於日本島國，中國文化則是植根於
這遼闊的國土、悠久的歷史。日本文化特性和中國文化特性雖不能進
行優劣比較，但小國和大國的不同已清楚地反應在所有方面。這一次
的訪問活動歷時大約一個月，日本文學界與中國文學界的代表之間進
行了互信接觸和友好交流，並簽訂了發展中日文學交流的協議。

　　井上靖筆耕數十年，先後訪問中國達數十次之多，與中國眾多文

學界乃至文化界人士結下了深厚的友誼，這種友誼的基礎是出於對文學的共同理解、熱愛和追求。其中，與作家巴金（1904-2005）、老舍（1899-1966）、冰心（1900-1999）等中國當代最重要的作家和文化活動家在共同推進中日友好事業的基礎平臺上結為志同道合的篤定摯友。在其後的動盪歲月裡，井上靖和巴金正視中日歷史的責任感和正義感讓他們的友誼更加牢固。二十世紀九〇年代初，兩人曾在《人民日報》和日本主流媒體《讀賣新聞》上發表公開信，批判日本右翼勢力篡改歷史教科書的行為，在中日兩國都引起了很大反響。

　　一九八四年，時任中國作家協會會長的巴金率中國筆會代表團出席國際筆會第四十七屆東京大會。在日本期間，他曾經同井上靖和日本劇作家木下順二舉行文學懇談。巴金說：「我在日本有許多朋友，其中與井上靖先生感情最深。」巴金在對其與井上靖兩人間的友誼進行回憶時這樣說：「一九六一年春三月我到府上拜謁的情景，還如在眼前。在那個寒冷的夜晚，您的庭院中積雪未化，我們在樓上您的書房裡，暢談中日兩國人民間的文化交流。我捧著幾冊您的大作告辭出門，友誼使我忘記了春寒，我多麼高興結識了這樣一位朋友。這是我同您二十一年友誼的開始。……井上先生，您是不是還記得一九六三年秋天我們在上海和平飯店一起喝酒，您的一句話打動了我的心。您說，比起西方人來，日本人同中國人更容易親近。您說得好！我們兩國人民間的確有不少共同的地方：我們謙虛，不輕易吐露自己真實的感情，但倘使什麼人或什麼事觸動了我們的心靈深處，我們可以毫不遲疑地交出個人的一切，為了正義的事業，為了崇高的理想，為了真摯的友情，我們甚至可以獻出生命。您我之間的友誼就是建築在這個基礎上面的。」「我和井上先生平素都不大愛講話，但我感到在我們的心靈深處有共同的感情，可以敞開胸懷，無所不談。我們之間的友情，是建立在共同的偉大的理想的基礎之上的。那就是要為兩國人民的幸福而奮鬥。自古以來，我們中國人交朋友愛說交到底，就是說至

死不變。對於朋友要做到三個字──忠、信、義。」

　　井上靖很敬重巴金的人品和文品，認為巴老的《隨想錄》充滿對人類深厚的愛。他說對巴金先生的尊敬，是日本，也是世界各國讀者共同的感情。嚴文井曾對井上靖說：「印度的泰戈爾、日本的川端康成獲得了諾貝爾文學獎，希望先生也早日獲此殊榮。」但井上靖馬上說：「在亞洲作家中，我應該排在巴金先生之後。」看得出，他對巴老的文學業績和人格的高潔是欽佩之至的。

　　井上靖與中國作家老舍的感情甚是深厚，兩人間的交往也很密切，其間亦夾雜著悲壯。文革初期，日本文學界很多人曾經多方打聽老舍的情況，得知其被迫害致死的消息後，許多日本作家都為其書寫文章表示哀悼，井上靖於一九七○年寫了題名為《壺》的長篇紀念文章。（日本作家憑弔老舍的文章中，較為著名的還有水上勉（1919-2004）的《蟋蟀罐》、開高健（1930-1989）的《玉碎》和有吉佐和子（1931-1984）的報告文學《老舍之死》）。井上靖的紀念文章轉述老舍先生曾經在一次日本文學界歡迎中國作家訪問日本的招待會上即席講過的一個關於「壺」的故事。故事的內容是，中國古代有個收藏古董珍品的富翁，後來家道敗落，沒落到靠出賣收藏品維持生計的窘困情境。最後仍然事業無成，終於淪落為沿街逐門乞食討飯的叫花子。然而即使成了乞丐，他仍保存著一隻珍貴的古董壺無論怎麼貧窮也不肯典當出賣。他帶著這只壺到處行乞，漂泊流浪，受盡了百般摧殘，飽嘗著世態炎涼。當時，有人想要獲得這只壺，出了很高的價錢向他索取收買，幾經交涉，那個乞丐卻死也不肯脫手。過了幾年，乞丐衰老得連走路都十分困難了，想買壺的人趁勢收留乞丐，供給他飯食，想著等他死去後能得到那只壺。不久，乞丐得病死去，哪知他在臨死之前，拼著最後一口氣把那只壺擲到院子裡的石頭上，摔得粉碎。文章中還提到，老舍講述這個故事之時，在座主持歡迎座談的日本作家廣津和郎對中國人寧肯把價值連城的寶壺摔得粉碎，也不肯給那富人

去保存表示難以理解。若干年後，當老舍在文化大革命中含屈自盡的消息傳到日本之後，井上靖終於清楚地領悟了當年老舍所講的這個故事中所內含的氣節精神。在悼念文章的結尾，井上靖寫道：「我想老舍一定是壺碎身亡的。」

　　一九八〇年八月井上靖繼任中島健藏當選為日中文化交流協會會長，當選後他很快率團到中國進行上任後的第一次工作訪問。訪問日程中有一項應井上靖先生要求而在原訂行程之外特意安排的活動——為在「文化大革命」中被迫害自殺的老舍先生「上墳」。在憑弔老舍的八寶山革命公墓靈堂裡，隨同井上靖來訪的日本作家白土吾夫（1927-2006）講了井上靖寫作《壺》那一特定歷史階段的心情。白土吾夫告訴在場的人說：「井上靖先生一九七〇年就寫了《壺》，發表之前，給了我，要我看看。看過文章之後，我對他說：『先生此文一出，恐怕再也不會被允許到中國去了。』對井上靖先生來說，不再被允許到中國去意味著什麼，恐怕沒有比井上先生自己更清楚的了。他聽了我的話之後，沉思了片刻，只說了一句話，算是對我的回答：『我寧願不再到中國去，也要發表它！』」。白土吾夫對往事的追憶的故事使當時同在靈堂內的所有人士無不震驚，在此之前人們只知道井上靖曾經寫作和發表過題名為《壺》的文章追掉老舍先生，但無論是誰都想不到在這篇文章的紙面下邊還潛隱著如此嚴峻的選擇和沉重的話語。在場陪同的中國作家馮牧感歎地表示：「這件事充分體現了一位正直的作家的正義感和中日作家之間的深厚友誼」。《壺》的創作和發表不啻為日中兩國文人互相影響、互相支援、互敬互愛的最好證明。

　　另據巴金先生的回憶，一九七七年九月二日，井上靖在上海虹橋機場和巴金談起老舍曾講過的「壺」的故事時，井上先生激動的表情給他留下了深刻的印象，當時，巴金並不理解為什麼井上先生如此重視自己讀過他的這篇文章，在他閱讀過其他日本作家懷念老舍的文章後，意識到「日本朋友和日本作家似乎比我們更重視老舍同志的悲劇

的死亡，他們似乎比我們更痛惜這個巨大的損失。」巴金曾在一次招待會上說：「當中國作家由於種種原因保持沉默的時候，日本作家井上靖先生、水上勉先生和開高健先生卻先後站出來為他們的中國朋友鳴怨叫屈，用淡淡的幾筆勾畫出一個正直善良的作家的形象，替老舍先生恢復了名譽。……我從日本朋友那裡學到了交朋友，愛護朋友的道理。」

根據日本著名作家水上勉發表在《日中文化交流》雜誌一九九一年五月號上的題名為《井上靖的中國》的回憶文章的記載，他們曾共同組團赴中國陝西省的延安地區參觀訪問，有一天結束當天的活動安排回到下榻的飯店，井上靖在和同行者聊天時曾向大家發出詢問，話題是每個人究竟最喜歡中國哪座城市。當其被人反問時，他回答地方是北京。水上勉認為井上靖喜歡中國的每一個地方，無論走到中國的隨便哪個地方，水上勉總能看到井上靖的臉上總是掛著發自內心的笑容。

閱讀署名丁義元的《懷念井上靖先生》（一九九一年十月十日所寫）的一文，可以瞭解到該文作者、畫家丁義元一九八四年以中國美術家代表團成員的身份訪日時曾到井上靖家中拜訪，井上靖先生在交談中告訴作者丁義元說：「世界上我最喜歡北京這座城市。這不是奉迎的話，我是從心裡這麼認為的。北京的長安大街，是在東京等其他城市看不到的。天安門廣場也是其他地方所沒有的。我經常對別人說起，並且也經常在文章中提到。」

一九九一年，井上靖去世的消息傳到中國，中國各界人士紛紛發出唁電悼念井上靖先生，當時的中國作家協會主席巴金親自書寫唁電代表中國作協名義以傳真信件的形式發往東京。

在井上靖去世三個月後，中國人民對外友好協會追授他「人民友好使者」的光榮稱號。前全國政協副主席趙朴初說，井上靖先生作為一位中國人民永遠懷念的友好使者是當之無愧的，他的作品和事業必

將永遠留在人間，繼續發揮「人民友好使者」的作用。

冰心在《悼念井上靖先生》一文中這樣表示：「我和井上先生有一段很深的文字姻緣。從六十年代初期起，我們頻繁地來往，有的是在東京的他的府上，有的是在北京的我的家中。這重疊的畫面上，有許多人物，許多情景……特別是井上先生每次從中國的西北回到北京，就熱情洋溢地告訴我他的旅遊見聞的一切，親切熟識，如數家珍！我感謝井上靖先生，他使我更加體會到我們國土之遼闊，我國歷史之悠久，我國文化之優美。他是中國人民最好的朋友。他在中日文化之間，架起了一座美麗的虹橋。我向他致敬！」

第二章
「西域情結」與中國題材歷史小說

第一節　從「西域情結」到小說創作

　　弗洛伊德把文學創作視為作家內在精神機制中「原欲」的外化與昇華。這樣的認識固然有其簡單、片面的因素，但他確實把握和顯現出了文學創作與作家意識深層中的潛意識、無意識間非常密切甚至是一而二、二而一的同位關係。文學創作的確具有某種替代「原欲」的宣洩作用。弗洛伊德認為，作家創作的動因是幻想，是受到壓抑的願望在無意識中的實現。只有一個願望未滿足的人才會幻想，也只有幻想才能滿足受壓抑的願望。文學要表現生活，首先是作家從自己的人格結構出發，在自己的歷史命運中去體驗，回味那曾留給自己心靈最大震顫的生活。這樣的生活往往是破碎的、幽隱的、難以言狀的，大量保存在無意識的深層心理之中，形成為一種被以「情結」稱之的精神機制。

　　就其對於中國傳統文化以及中國古典文學的認識問題，井上靖與日本中國學學者吉川幸次郎座談「中國文學與日本文學」關係時井上靖回憶說，自己中學時代受中國文化的影響，「並不是在課堂上，而是自然地深入其中，受到薰陶的」。[1]他還說「從學生時代起，就喜歡閱讀有關西域的東西。不知從何時起，對處於西域入口處的敦煌附近的幾個都邑，分別有了自己的印象。這些印象全是從書本上得來的，並且極其自然地在我心中產生了。」「西域，這個詞一直充滿著未

---

[1]　周發祥編：《中外比較文學譯文集》（北京市：中國文聯出版公司，1988年），頁347。

知、夢、謎、冒險之類的東西。在那個時代,我就想,能不能真的到西域去旅行呢?」[2]

實際上,「西域」這一概念本身是非常含混的,是中國古代史書上使用的語詞概念。在中國的歷史語彙中,起初是把中國疆域以西的空間範疇總括籠統地泛稱為西域的,甚至可以包括南亞次大陸的印度和西亞的波斯。後來不再把印度和波斯稱作西域,西域的概念被限定於中亞地區各個國家。當然,中國境內古代存續過的一系列獨立的民族政權如西域三十六國在中國古代的文獻典籍中也屬於西域的概念範圍。西域即中亞地區歷史上多次遭到強大外敵的侵略荼毒,先有亞歷山大大帝從馬其頓率領羅馬軍團東征,後有阿拉伯人和蒙古人的鐵騎侵入。在西域地區這片神秘的土地上,歷史留下的戰爭的痕跡隨處可見,漫長的歲月在泥土的塵封下湮埋了太多的歷史殘片。

正是這充滿了「未知、夢、謎、冒險」的西域,引起了井上靖無限的遐想,激起了他對中國古代西域浩瀚無際的大漠戈壁和各民族交融而成的東方文化的響往。

恰如井上靖自己所說的,他從學生時代起就對中國以及西域文化抱有濃厚的興趣。憧憬和響往著古西域的文物風貌,格外關注當時日本學界西域研究的成果和動向。早年間對於《史記》、《漢書》等一大批中國古代典籍的涉獵與閱讀,為其後續的西域小說以及其他中國題材歷史小說的創作奠定了堅實的史料基礎與知識積累。

可以說,在井上靖西域題材的作品裡,寄託著其從青年時代就孕化著並萌生了的「西域情結」。在其青年時代,井上靖屢次改變志向,調整轉變生活方向、創作方向,直至四十歲憑藉中篇小說《鬥牛》的寫作一舉登上日本文壇。在登上文壇的當年(即一九五○年),他發表了自己的第一篇西域題材小說《漆壺樽》。作品以日本奈

2 〔日〕井上靖:《遺跡の旅・シルクロード》(東京:新潮文庫,1986年),頁260。

良正倉院收藏的古代西域文物——漆壺樽為題材，從一個側面表現了日本與古代中國及西域之間的文化交流，表現出井上靖對西域歷史文化的濃厚興趣。從這個意義上說，對井上靖而言，撰寫西域題材的小說就是其「西域情結」的一種具現。一九七七年，絲綢之路新疆段對外開放後，井上靖得以踏上夢中的西域舞臺。他無限感慨地說「儘管小說的舞臺被黃沙吞噬殆盡，蕩然無存，然而，我卻覺得月光、沙塵、乾涸的河道、流沙，從古至今，依然如故。每天夜間，我在呼嘯的風聲中，高枕無憂，睡得十分香甜、安穩。只有在傾注了青年時期心血的小說舞臺上，我才能睡得如此香甜、安穩。」[3]

第二節　「西域情結」的核心：《敦煌》、《樓蘭》

一　小說《敦煌》

　　　所有的傳說
　　　都已埋進沙丘
　　　所有的故事
　　　都已死在荒城
　　　波濤般的曲線的
　　　沙丘與荒城

　　　歷史已成遠去的煙雲
　　　已成斷戟殘簡、枯骨穹弓
　　　已成蜃樓海市

3　〔日〕井上靖撰，耿金聲、王慶江譯：《井上靖西域小說選・序言》（烏魯木齊市：新疆人民出版社，1984年），頁567。

　　已成木板線裝書發黃的夢

　　懸垂在大西北傾斜的蒼穹

　　風讀著它

　　給三危山上冰冷的月亮聽

　　給鳴沙山上滴火的太陽聽

　　「古往今來，無論興亡，歷史的基調乃是哀傷」。這一主題貫穿於井上靖的西域題材歷史小說——《敦煌》的始終。乾涸無際的沙漠場景，仿佛每一粒隨風飛揚的沙粒，都蘊含著井上靖文學特有的淒冷詩情。然而，井上靖並不是在寫歷史。就歷史而言，和已知相比，居多的永遠是未知。井上靖曾說：「由於西域不斷發生著民族的移動、更替，以及必然隨之而來的破壞與建設，加上沙漠的特殊地理條件，使迷霧的部分放大了。」也正是這迷霧部分，吸引著一代代捨生忘死的探險家和孜孜求索的學者如癡如迷地探秘尋訪，井上靖也是其中的一位。

　　位於甘肅省西部古絲綢之路上的重鎮敦煌，和死亡沙海中的樓蘭一樣，是一個謎一般極具魅力的地方。敦煌是古絲綢之路的重要交通要道、商業樞紐、軍事重鎮，也是中原文化與西域文化交流、中國本土文化與印度佛教文化融會的中心。特別是敦煌南郊的鳴沙山莫高窟，更是充滿神秘色彩。從北魏時代開始開鑿，至唐朝規模、數量進一步擴大，直到宋元時代逐漸衰微，共開鑿了四百九十二個大小洞窟，其中，現在能夠確定開鑿年代的洞窟有兩百三十二個。洞窟中有大量的佛教壁畫、雕塑，有些洞窟還收藏著數量龐大的佛教經卷和大量珍貴的歷史文獻。但長期不為人所知，直到清末才被發現。敦煌莫高窟中的這些文物何時被收藏？由什麼人收藏？為什麼要收藏？都是一系列難解的謎團。中外研究者也眾說紛紜。敦煌莫高窟的歷史本身就是一部跌宕起伏的小說，也為小說創作提供了廣闊的想像空間。

　　一九五〇年代前，無論在中國還是在世界上，以敦煌及莫高窟的歷史為題材進行創作的小說類敘事作品尚未出現。一些西方探險家出版的關於敦煌的著作和現代中國學者寫的介紹敦煌的文章，引起了一直關注西域學術研究成果的井上靖的注意。日本作家的學者化傾向是個普遍的現象，他們的文學敘事往往刻意要與學術研究連繫溝通，有關中國題材的創作，無論描寫當下的中國還是歷史上的中國，也都常常注意吸收學界新的研究成果。井上靖也正是這樣一位學者型作家。

　　中國的歷史小說研究者唐浩明曾經說過：「一個歷史小說的作家，應該是對自己筆下的歷史有著較深研究功夫的學者」。學者型作家井上靖的學問素養，首先表現在小說主題是在學術研究的基礎上誕生的。井上靖在動筆之前，翻閱了大量文獻資料以及現代學者的敦煌學研究成果。例如羅振玉的《雪堂叢考》及其他學者編寫的《敦煌藝術敘錄》、《敦煌變文集》等著作資料。還數次前往京都請教日本敦煌學專家藤枝晃（1911-1998）。在寫作過程中，有關敦煌的知識多是研讀日本學者的論文。相繼閱讀了京都大學人文科學研究所有關沙洲、瓜州政權的《歸義軍節度使始末》，藤村晃的《維摩變的一個場面》、岡崎精郎的《河西維吾爾史研究》等學術文章。此外，他涉獵的資料還有一九三六年日本《史學雜誌》所載的鈴木俊（1904-1975）的《敦煌發見唐代戶籍和均田制》《王延德高昌行紀》《高居晦於田紀行》《敦煌縣志》《武備志》等。並通過西域文化研究會編輯的《敦煌佛教資料》中塚本善隆（1898-1980）的《敦煌佛教史概說》，瞭解當時西域入口河西一帶邊境的宗教情況。有關宋代風俗、都市景象等則參考了《東京夢華錄》《水滸傳》等作品。井上靖的作品中多處表現出對學問的特殊關注，主人公趙行德屢試不第的遭遇或許與作者青年時代的多次落榜有關。作品中對西夏文字的關注也是作者特殊興趣的結果。特別是關於趙行德在沙洲滅亡前夜搶救經典的構思，更具有鮮明的文化主義色彩。他的想法是「財寶、生命、權利，各有其主，但

經典不同。經典不是哪個人的財產,只要不燒,在哪兒都行⋯⋯只要不燒,放在那兒就有價值。」[4]

　　從石窟裡發現的古文書中年代最晚的部分資料來看,石窟封存當是宋仁宗時代。在中國史書中,在一〇二六年以後的近十個世紀裡,關於敦煌經卷的記載相當缺乏,這強烈地刺激了小說家的想像力。因此,井上靖在研讀敦煌各方面資料之後推定,經卷封存的原因應當是外族的入侵。井上靖說:

> 執筆開始是一九五八年十月,最初想寫成三百頁左右的中篇,清楚地寫出從早晨到晚上封存敦煌石窟的一天。不用說,封存的原因只是外族的入侵。說到外族的入侵,這也只能是西夏收沙洲、瓜州滅歸義軍節度使曹氏的情況。從埋存的東西來推想,可以認為埋存的人可能是僧籍的人,或者是當時的官吏吧。

　　二十世紀初,敦煌千佛洞石窟沉睡的數目龐大的經卷得以重見天日。這無疑是二十世紀文化史上一件大事,然而為什麼這些經卷被埋進石窟卻是一個謎。井上靖在他的創作劄記中寫道,他要描寫的正是那經卷背後隱藏的歷史。這是作者最感興趣的課題。小說主人公趙行德這一人物固然是虛構的,但作者是要通過這一人物,描寫西夏民族崛起、創立文字,改變與周圍各民族的政治文化關係這一與敦煌莫高窟內的藏經洞相關聯的歷史變遷。和歷史學者不同的是,作者並不僅僅追尋經卷藏匿於千佛洞的原因。作者在嚴肅審視歷史史實的同時,以虛構的情節增添了小說的可讀性。小說中作者塑造的主人公趙行德藏匿經卷的最初動機,源於自己對回鶻王族女子的愛情。井上靖回憶

4　〔日〕井上靖:《敦煌》,《井上靖歷史小說集》,(東京:岩波書店,1981年),卷1,頁196。

自己準備寫作的經過時，數度滿懷愜意地談到那是一段「極為快樂的時候」。顯然，在這一時段，學者的學識、小說家的想像與詩人的詩情，正交織契合、有機融匯於創作者的心胸之內，即將以如詩入畫的情境被訴諸於筆下，躍然於紙上。

井上靖將《敦煌》的時代背景設置在西元十一世紀初的宋代。小說中西夏王李元昊、沙洲節度使曹賢順、瓜州太守曹延惠等角色，都是歷史上真實有過的人物。但是井上靖並沒有把這些真實的歷史人物作為核心人物，而是另外又增設了趙行德、朱王禮、尉遲光這三個虛構的人物作為小說的主人公，其中的一號主角是有著趙宋王朝舉人身份的趙行德。小說一開始就寫趙行德從湖南鄉下來到都城汴梁（即今開封）參加殿試，在考試前因嗜睡過頭而錯過了應考赴試的時間，因而導致科場落第。正在失意之中，曾經得其救助的一位西夏女子送給他一塊寫有西夏文字的布條，這塊寫著出生秘密的布條引起了趙行德對西夏文字的強烈興趣。於是，趙行德決定前往西夏。途中加入隸屬西夏國的朱王禮率領的一支漢人部隊，並受到了朱王禮的重用。在戰爭中救了回鶻王族女子，並與之相愛。趙行德決心到西夏都城興慶府學習西夏文，便將女子託付於朱王禮。西夏王李元昊從朱王禮手中搶走女子，並迫其為妾。一年半後，趙行德再度與王女相遇，其後，親眼目睹了王女從城牆上投身自盡的一幕。他堅信女子是為他堅守貞潔而死。回鶻王族女子在小說的中間部分就已經死去，但她的影子仍然游移在整部作品之中，並左右著男人的行動。以玉石項鍊作為人格象徵的女子具有不可思議的力量，使文弱書生的趙行德變得勇敢堅強，使剽悍暴烈的朱王禮呈現柔心溫婉的一面。王女幻化為漫長歷史中不滅的女性形象。悲傷之餘的趙行德開始專心潛意地研讀佛經。繼之，趙行德結識了唯利是圖的商人尉遲光。尉遲光對莫高窟千佛洞非常熟悉，趙行德利用尉遲光的貪婪本性，將大批佛經混入尉遲光的財產中，一道藏入敦煌鳴沙山的洞窟中。後來，故事中的人物紛紛死去，

這些佛經一直深藏在那一洞窟的密室夾層之中，塵封沙海從來不為世人所知，直到清朝末年被看護莫高窟的王道士發現才又得現天日。

井上靖在寫作小說《敦煌》時，並未到過他作品中展現的河西走廊。在《敦煌與我》一文中，他說：「寫小說《敦煌》以後的二十年間，我就想到自己小說的舞臺——河西走廊實際走一走。想親眼看一看敦煌、莫高窟的願望很強烈。」[5]但是，這個願望直到二十年後才變為現實。一九七八年，井上靖接受中國人民對外友好協會的邀請初次遊歷敦煌。有同行者問他：「現在站在小說的舞臺上，你的感想如何？有沒有必須重寫的地方？」井上靖回答說：「遺憾的是作為小說舞臺的地方，都被沙子掩埋了。但如果挖出來的話，應該和小說中描寫的別無二致」。[6]

《敦煌》發表以後，對井上靖敘事手法的評價漸高。日本各大報刊、雜誌的書評，都贊其為「宏大的敘事詩」、「長篇敘事詩」。一位未署名的作者在《週刊朝日》上撰文說：「這部作品的根本特點在於它是部長篇敘事詩。在這個意義上，與主要趣味在個人性格及其糾葛的現代小說性質大不相同。主人公趙行德自不用說，連武人朱王禮、商隊頭目尉遲光，都沒有所謂正統現代小說式的性格描寫……說它不是現代小說，這絲毫無損於這一作品的價值，它不是以一個個的人物，以全部登場人物群為因子而展開壯闊的歷史命運，這正是這部長篇敘事詩的最大的主人公。」龜井勝一郎（1907-1966）在《讀書人週刊》評論《敦煌》時寫道：

　　這部作品的生命，在於井上靖在拓展故事情節時的結構力和文

5　〔日〕井上靖：《敦煌　砂に埋まった小説の舞台》，《井上靖全集》（東京：新潮社，1999年），別卷，頁213。

6　〔日〕井上靖：《敦煌　砂に埋まった小説の舞台》，《井上靖全集》（東京：新潮社，1999年），別卷，頁213。

體。他拒絕詩情語言的感傷和甘美，而是冷靜地鑄刻每一個文字。使人如同閱讀雕刻在石碑上的古文字。那是一種堅固。雖然也有一種漢文字的效果，但是在堅固性中，井上靖的詩魂被壓縮，凝結了，創造出一種金石文字般端正而遒勁的文體。

其次，這部作品的生命還在於驚人的音響和色彩感。不必卒讀即可明白，那裡有沙漠的風暴、兵士的吶喊、戰馬的嘶鳴，自然和生物的淒厲的咆哮。在讀者耳際漩蕩著發自古代史的壯烈的迴響。同時大自然、燃燒的城池、沙漠的黃昏等等，給人一種絢麗的色彩感，恍如是在電影中創造出來的無比的美。

即使說《敦煌》是由文字組成的造型和音樂的世界，也不會言過其實。這裡所描寫的，是一切行動的人，是具有原始熱情和冷酷的激烈的世界。圍繞這些，以一抹的妖豔，描寫了王女悲劇命運的風姿。[7]

　　一九五八年，井上靖的《敦煌》發表之時，有著得天獨厚資源優勢的中國作家卻沒有寫出類似的作品，甚至沒有人對與《敦煌》相類的題材表現出堪與井上靖相類的興趣及創作衝動。《敦煌》在很大程度上起到了向日本讀者傳播中國文化的作用，翻譯成中文後客觀上又起到了向中國讀者擴大和張揚敦煌影響的作用。中國著名作家冰心在《井上靖西域小說選》中文譯本的序言中說：「我要從井上靖先生這本歷史小說中來認識瞭解我自己國家西北地區，當年美夢般的風景和人物。這是我欣然作序，並衷心歡迎這個譯本出版的原因。」[8]「我感謝井上先生，他使我更加體會到我國國土之遼闊、我國歷史之悠

7　〔日〕福田宏年：《井上靖評伝覚》（東京：集英社，1979年），頁209-210。
8　〔日〕井上靖撰，耿金聲、王慶江譯：《井上靖西域小說選・序言》（烏魯木齊市：新疆人民出版社，1984年），頁1。

久、我國文化之優美。」[9]《敦煌》是一部成功的歷史小說,成為井上靖西域小說的代表作是當之無愧的。這部作品後來被譯成了數種外文版本,並在日本被改編成電影搬上銀幕,引起了很大的反響。

二　敦煌系列散文詩

　　井上靖在少年時代就嚮往西域這塊土地,和漢武帝一樣,被西域的汗血馬深深吸引。他首先用自己的文學創作詮釋「西域情結」,在其作品完成多年以後的一九七八年,才得以踏上自己作品中的舞臺。一九七八年應中國對外友好協會的邀請訪問中國,一九七九年又隨日本 NHK 電視臺絲綢之路採訪組到敦煌採訪,終於兩次圓了他的敦煌夢。在那裡,敦煌文物研究所所長常書鴻向他詳細介紹了敦煌的歷史、文物和發掘經過,和他一起跨進他小說中曾經描繪過的千佛洞,使他感慨萬千。回到日本後,他不僅發表了散文《敦煌與我》,還創作了多篇散文詩。

　　若羌村

　　沙漠包圍的若羌村入睡了。深夜,在呼嘯的風聲中睜眼醒來。窗外,稱作樹木的樹木都一齊倒伏著。早晨,站在村頭看去,沙塵已經包住了杳無人跡的四方來路,那裡出現了騾馬和駱駝。故里,這想法重新抓住了重回床頭的我。前生,還有前生的前生,我在這裡出生,在這裡長大。於是在傳入耳中的風聲中,想法變成了確信。

9　〔日〕井上靖撰,耿金聲、王慶江譯:《井上靖西域小說選‧序言》(烏魯木齊市:新疆人民出版社,1984年),頁2。

白龍堆

那由太古風蝕而成的石灰性黏土的波浪，展延到一望無際的天涯，沙與土之波濤的擴展，在這裡所看到的死——是壯大！中國古代的史書上叫白龍堆，這或許因為它是由龍的脊骨編織而成的白色地帶之故。

這裡——落日莊嚴，月光壯麗，為非人之居處。連自己背後曳著的身影，也都覺得穢汙。站在它的一角，我成了聖地的冒犯者，吸香煙！如果，連孤獨也被拒絕，那麼——人，就只好在此耍無賴，除此之外，別無他途。

木乃伊的遺跡

漫步在沙漠上，這裡沉睡著2000年前漂亮的都市。沙裡隨意混雜著石英。這是有天使壁畫出土的遺跡。為什麼沒有了漂亮的城市呢，各種眼睛、肌膚的男人與女人都在相戀、在跳躍，生出有翼的美麗混血兒的城市。不知什麼時候一夜之間，洪水把一切都沖走了。只有洪水，才能埋葬這漂亮的城市。

如果在這裡

——如果在這裡我死了。

我想，那定是經過了十個小時的汽車跋涉，馳過沙漠和戈壁，剛剛到達，這晚風漸息，薄暮中的村落之時。

——如果在這裡我死了。

那夜，我在床上，曾再度地想過，死後很簡單，就讓我睡姿按沙漠的沙棘之中，成為木乃伊。既不是地獄，也不是極樂，只是沙的世界。家族成員不來，誰都不來，只是個木乃伊。

——如果在這裡我死了。

那夜，我的睡眠很安逸，在未曾有過的安詳之中。我睡著了。

在這些散文詩中，井上靖寫到夢中遐想，自己「前生，還有前生的前生」，在這裡出生，在這裡長大。這正是他感到敦煌之行如歸故里的真實寫照。沒有沙漠中的敦煌，便沒有井上靖小說中的敦煌。「西域之行中最快樂的是思考或回想這些地方所蘊含的歷史。」[10]他站在古國的遺址面前，無窮的思緒在腦中馳騁——洪水把它淹沒，才會使昔日的繁華變為廢墟。也許他的推測並不正確，或許是河流改道失去水源才使得這裡的人們不得不遠遷他鄉。但不管怎樣，他好像仍然在繼續他何以書藏洞窟的探問，試圖解開歷史之謎，在歷史的間隙中構築他的小說世界。對他來說，敦煌和敦煌周圍的沙漠有永遠解不完的謎。他的《樓蘭》《昆侖玉》《永泰公主的項鍊》《蒼狼》《異域人》《洪水》等作品，都是以西域為舞臺創作的，他的散文詩總是流露出一種回歸故里的充實感。

三 小說《樓蘭》

一九五八年，井上靖發表西域題材中篇小說《樓蘭》。樓蘭是一個位於羅布泊畔的古代西域小國。中國的《漢書·西域傳》中對樓蘭曾有記載，但過於簡略，許多問題（如樓蘭國屬於哪個民族等）都語焉不詳，而這恰恰給井上靖提供了藝術想像的空間。上個世紀初，現代西方考古學斯坦因·海德第一個到樓蘭遺址考察發掘，並發現了一具年輕女性的乾屍。井上靖在閱讀斯文·赫定記載樓蘭之行的《彷徨的湖》一書的日文譯本後，便對樓蘭產生了創作衝動。他把那個年輕女子想像為自殺而死的美麗的王妃。井上靖在無法實地考察的情況下，僅憑藉從書本上獲得的有關西域的知識，並根據《漢書》上的簡單記

---

10 〔日〕井上靖撰，李永熾譯：《西域故事》（臺北市：國語日本出版社，1982年），頁5。

載，力圖再現古代樓蘭的歷史風貌。他在《樓蘭》的開篇處寫道：「古代，西域有一個名叫樓蘭的小國。樓蘭這個名字出現在古代東方史上，是西元前一百二十年前後。而它的名字在歷史上消失則是在西元前七十七年，總共才存續了五十五年短暫的時間。在東方史上，這個樓蘭國的存在，距今也有兩千年了。」[11]在他筆下，樓蘭是一個羅布泊畔的弱小國家，在東邊的漢朝和西邊的匈奴之間的夾縫中倍嘗艱辛。漢代的統治者，以保護樓蘭不為匈奴劫掠為名，讓他們從美麗的羅布泊遷往一個叫鄯善的新地方。幾十年後，當鄯善的武將們計劃從匈奴手中奪回樓蘭的時候，美麗的羅布泊已消失得無影無蹤，樓蘭的街巷也淹沒在黃沙之中。井上靖在這部中篇小說中重點不在於塑造人物形象，而是力圖以有限的史料、憑藉想像和虛構鋪敘情節，復原古代一個西域小國的歷史。

樓蘭的湮滅象徵著一個民族的悲哀，猶如從方山頂上挖掘出的那個年輕女子的木乃伊一樣，默默無言。然而，顯然又在訴說著一部渾厚凝重、催人淚下的歷史故事。這木乃伊在作者的筆下化為與樓蘭共存亡的那位寧死也不遷往鄯善的安歸夫人，美貌絕倫的年輕王后的悲憤白盡意味著一段歷史的毀滅。雖然這個人物在整個作品中著墨不多，但她所表現的精神卻是作品的主題，使小說《樓蘭》極富浪漫主義的色彩，從而昇華為一首敘事詩。不言而喻，作者虛構的這個貞烈女子與井上靖文學中永恆的女性形象聯結在一起，在情感、人格上和《敦煌》中的回鶻王女是共通的。讀《樓蘭》，不是讀史，不是讀歷史故事的演繹，而是讀一首詩。樓蘭本身就是歷史與自然寫在天地間的壯麗史詩。井上靖的《樓蘭》是對這首古老的詩歌的詮釋。悲壯的史劇濃縮在鮮活的詩語裡，讀來迴腸盪氣、百感交集。

---

11 〔日〕井上靖：《樓蘭》，《井上靖歷史小說集》（東京：岩波書店，1981年），卷2，頁1。

在《樓蘭》、《敦煌》發表之際，日本有些學者稱其為「文學冒險」，禮貌地加以肯定，但同時認為作品以自然為主人公，沒有細緻入微地描寫登場人物，讓人感到主題不夠鮮明。對此井上靖答覆說：

> 我不僅限於取材西域，而是想要在廣泛意義上寫歷史小說。這種場合，我總是想從寫人的象徵劇的心情出發。不是通過個性追求人，而是象徵性地處理、從根本上把握個體的人。遺憾的是，我還沒有寫出這樣的作品。但我始終想要寫這樣的作品。現代小說，以這種方式追求人是不合適的，但歷史小說則是可能的。極言之，在既已整理的歷史潮流中強行將人拖出來，完全是為了觸及人所具有的普遍性問題。
>
> 有的小說將歷史本身視為人與人的「戲劇場」，這種情況下，歷史的潮流本身，是一個由時空限制的簡單舞臺。從這個意義上說，雖然穿了歷史的衣裳，但與現代小說沒有什麼不同。
>
> 寫歷史小說，常常痛切地感到的，就是浮現出心理描寫、現實地處理對話，無例外地完全成為「像是目睹的謊言」。由此考慮，要在歷史的潮流中發現人，就只有象徵地處理人本身。[12]

在井上靖創作的作品中，西域題材歷史小說所占比率不是最高的，但其藝術成就和社會影響卻是最高的。作為戰後最早著手寫作這一題材作品的作家，井上靖為其後日本文壇的中國題材歷史小說創作和繁榮開闢了先河。井上靖又是第一個將目光投向中國西域的作家，後來其他日本作家對西域、對古代絲綢之路的強烈興趣及隨之而來的「西域小說」創作，在很大程度上都是受到了他的影響。

---

12 〔日〕福田宏年：《井上靖評伝覚》（東京：集英社，1979年），頁211-212。

第三節　西域題材小說中的女性形象

在這一系列西域題材小說中，井上靖還塑造了鮮明的西域各民族女性形象，例如小說《敦煌》中的西夏女子、回紇王族女，《樓蘭》中年輕的先王王后，《漆胡樽》中的匈奴女子，《異域人》中的于闐女子，《狼災記》中的鐵勒族女子，《洪水》中的阿夏族女子，以及《蒼狼》中成吉思汗的愛妃忽蘭。井上靖的歷史小說創作方法是尊重史實與自由發揮主題並存，繼承了森鷗外以考據、實證正史資料為依據的純歷史小說的基本品格，使小說表現出純歷史小說的嚴肅性和歷史可信性；但同時又不為正史資料所拘囿，在一些非主要事件和人物的描繪上敢於發揮自己的想像力和重構力，從而實現了小說文本建構的審美追求：詩與史的融合。他所創作的西域題材歷史小說無一不是尊重歷史與發揮想像的產物，對西域各民族女性的形象塑造更是其發揮想像的最具有代表性的產物。

一　貞潔

小說《敦煌》中科舉考試失意的趙行德茫然走在街上，在街巷見一西夏女人一絲不掛地橫臥在木箱上，要被男人切塊賣掉。趙行德問女子自己是否願意？女子粗暴地回答：「願意」，聲音高亢、清脆。趙行德不忍看女子受折磨，要將其整個買下。那女子說道：「對不起，不賣整個的。你不要看低西夏女人，要買就一塊塊買。」在付錢買下西夏女子，讓其自由離去之後，趙行德開始思考自己這一天的經歷，也開始思考西夏女子，當時她躺在木板上在想些什麼，她真的不在意生死嗎？她拒絕被整個買下，又是為什麼？這就是所說的貞操嗎？趙行德感到他的心被一種巨大的、強烈的東西抓住了。趙行德認為西夏女子不在意生命得失的沉穩，也許並不是其一個人本身所特有的品

性，如同她暗沉的瞳孔顏色，是整個西夏民族所特有的。這裡所說的貞操和中國傳統觀念中的貞操不盡相同。中國的貞操觀念一般是指女子從一而終的操守，而日本主要是指女性對男性保持性的純潔。小說中西夏女子之所以會被人切肉賣掉，是因為她跟男人私通，還要殺了這個男人的老婆。但即便如此，她仍然高傲地拒絕被趙行德整個買下，寧可被一塊塊地切肉賣掉，也要保持自己的純潔，哪怕對方只是私通的對象。這種貞操觀念還體現在小說中回紇王族女的身上，並且，在井上靖之後創作的短篇小說《狼災記》中的鐵勒族女子等女性身上也有所體現。這些女子在遇到小說男主人公之前，都有各自的未婚夫或丈夫，但一旦和男主人公有了情感的紐帶之後，寧願為其墜城而死，或變身為狼。

趙行德在一次戰爭中遇到一回紇王族女，回紇王族女在城牆烽火臺上等待未婚夫回城，遇到趙行德後，相信未婚夫已經在交戰中死去，趙行德是未婚夫轉世。趙行德與其約定前往興慶學習西夏文一年後回來，但三年後才回來，此時，回紇王族女已被迫成為全軍統帥李元昊的姜室。二人在城中心擦肩而過，趙行德注意到回紇王族女，想靠近確認，回紇王族女發出一聲輕微的叫聲，隨即匆匆從趙行德面前走過。爾後，在閱兵式上，趙行德親眼看見回紇王族女突然間飛一般從城牆上躍下。趙行德明白，回紇王族女的舉動大概是為了向自己表明其純潔的內心，因為對於回紇王族女來說，除了「死」這種表達方式之外，再別無他法。趙行德深信她是為了自己而決意自殺的。其後，每次想起回紇王族女，趙行德就感到某種安定的靜謐感充滿了自己的五臟六腑。這已然不是對故人的愛戀之情，也不是悲歡之情，而是對人類情感中最純粹的、最完美的情感的讚歎。在與尉遲光一同前往瓜州的路上，趙行德與尉遲光為回紇女人是否皆為娼妓一事出言爭辯。尉遲光說：「回紇女人從上到下全是娼妓。」在此之前，趙行德在任何事情上對尉遲光一直都是忍讓，唯獨對回紇王族女子的貞節一

事，卻不能讓步。趙行德一再強調回紇女子也有貞節，高貴的王族女子，為表明自己的貞節不惜一死。野蠻粗野的尉遲光對趙行德大打出手。

作家井上靖曾在其隨筆《我想寫的女性》（1957年）中寫道，我想什麼時候在我的作品中寫四種類型的女性。一是油畫家岸田劉生的作品《初期手筆浮世繪》中的那類女性，不順從的表情、雜亂的穿著、扭轉著多少有些淫蕩的軀體、強烈的欲望，但卻有些淡淡的憂愁。由此可以看出，井上靖在小說《敦煌》中描寫的西夏女子應該屬於這類女性，不順從的表情、在常人看來多少有些淫蕩的軀體、堅守自己貞操的強烈的欲望，被切掉手指時哀鳴中的憂傷。這些都符合《初期手筆浮世繪》作品中的女性特點。在這篇隨筆中，井上靖還寫道：而另一種類型正好與之相反，是油畫家黑田清輝的名作《湖畔》中清純秀美的女性；第三種類型是法國作家司湯達《紅與黑》中的瑞那夫人，有才氣、美貌、優雅；第四種類型是歷史上實際存在的女性，豐臣秀吉的側室茶茶，雖然很多作家都對其進行過描寫，但我還是想在幾部作品中描寫各個時期的茶茶。茶茶是當時當權者最寵愛的愛妾，也是秀賴的母親，出身近江名門淺井，一生歷經波折，最後城池失守，死於烈焰之中。最後，我想寫像唐招提寺中如來佛立身像那般高貴的女性。從井上靖對小說《敦煌》中回紇王族女的描寫多少可以感受到其美貌和優雅中有《紅與黑》瑞那夫人的影子，其被當權者寵愛的波折經歷以及最後自殺身亡的波折經歷，與豐臣秀吉的側室茶茶有些類似，最重要的是井上靖由此描繪出其理想女性的高貴靈魂和靜謐之美。作者通過對趙行德不顧生死，捍衛回紇王族女貞操的重筆墨描寫，傾訴了自己對這類女性的嚮往。

貞操這一概念在井上靖西域題材歷史小說中多次出現。井上靖另一部長篇小說《蒼狼》中成吉思汗的愛妃忽蘭更是堅守貞操的典型形象，並因為堅守貞操得到男人的愛戀。小說中，成吉思汗對曾多次身

陷險境卻仍堅守貞節的忽蘭產生了真摯的愛情，認為她就是傳說中「慘白如白晝的鹿」的化身。當成吉思汗看到「在動亂的漩渦中渡過了十天的女人」[13]，「胸部和後背滿是被毒打之後留下的青紫色的斑斑傷痕」[14]他相信「她的的確確保住了聖潔的貞操」。[15]因此，並「再一次感到自己比誰都更愛這個女人，也許終生都會始終不渝地愛著她。」[16]在以後的多次出征中都讓其陪伴左右，而包括正妻孛兒帖在內的其他女人從未得到過如此殊榮。

在小說《樓蘭》中「貞操」二字從未出現，但虛構的先王王后的死因卻應該與其有著深刻的關聯。小說《樓蘭》是作家井上靖根據斯文‧赫定的《彷徨的湖》構思而成的作品。小說中作家將斯文‧赫定發掘的年輕女性的木乃伊虛構為樓蘭國的先王王后。先王王后在新王即位，舉國將要從樓蘭遷往八百里以外的新都鄯善的當天夜裡服毒自殺。對於其自殺身亡，最感悲痛的人是新王，因為新王有意將其作為自己的妻室。這不僅是新王一個人的想法，也是整個王族的願望，當然更是所有樓蘭人的願望。她為全國人所敬愛。人們對先王王后的自殺原因議論紛紛，有人說是因為其對先王的死過於悲傷；有人說是因為要離開埋葬先王的樓蘭而悲痛過度；還有人說她一定是為即將遭到遺棄的樓蘭殉葬而死。作者例舉出人們的各種議論，但並沒有說先王王后是因為不想成為新王妻室而自殺身亡的。新王想將其作為妻室的想法從新王到整個王族，再到所有樓蘭人，當然也包括先王王后都非

---

13 井上靖：《蒼き狼》，《井上靖歷史小說集》（東京：岩波書店，1981年），卷4，頁171。

14 井上靖：《蒼き狼》，《井上靖歷史小說集》（東京：岩波書店，1981年），卷4，頁171。

15 井上靖：《蒼き狼》，《井上靖歷史小說集》（東京：岩波書店，1981年），卷4，頁170。

16 井上靖：《蒼き狼》，《井上靖歷史小說集》（東京：岩波書店，1981年），卷4，頁171。

常清楚，深受樓蘭國民敬愛的王后當然不會輕易違背整個王族、所有樓蘭人願望的事情，但為什麼王后寧願服毒自殺，也不做可以滿足新王、整個王族、所有樓蘭人願望的事情？如果說是因為其對先王的死過於悲傷而自殺的，那麼自殺行為也許應該發生的更早，從先王被殺到新王即位歷時兩個月，這期間都應該有更大的可能性。另外，如果說是因為要離開埋葬先王的樓蘭而悲痛過度，或者說是為即將遭到遺棄的樓蘭殉葬而死的說法，也很難解釋得通，因為當時樓蘭人都認為捨棄樓蘭城邑是暫時的，新王即位後發佈的第一道命令就是召集十歲以上的所有王族和一切故老忠臣討論決定樓蘭國的去留問題，最後決定的結果是，暫時先服從漢朝意志，捨棄樓蘭城邑，在南方經營新國，在漢朝保護下充實國力，伺機再將國都遷回羅布泊畔。所以，先王王后沒有必要為了還有可能回來的樓蘭殉葬身亡。因此可以推測先王王后是因為不想成為新王妻室而自殺身亡的。為什麼先王王后不想成為新王妻室？因為其本身就是個虛構人物，究其原因，也很難得知。但從井上靖所塑造的一系列西域各民族女性形象，以及其隨筆中提到的其想寫的四種類型女性和理想中的女性等內容來看，也許可以說先王王后的自殺行為可以看作其對先王安歸的情感的堅守，或者可以說是為了堅守貞操。

二　堅忍

　　小說《漆胡樽》中一被俘的漢軍陳氏，元光六年跟隨衛青在雁門關與匈奴作戰，被俘留居胡地十年有餘，思念故國的感情日趨加深。於是，以花言巧語勾引平日對他有同情之意的族長妻子，與其一同逃往漢地。逃亡第三天晚上，二人一同騎上了馬，為保持伏在馬背上的姿勢，也為了不使女子跌落下來，陳氏將女子捆在馬上，女子疲憊不堪，一言不發，任由陳氏擺佈。剛開始，陳氏回頭問女子「苦

嗎？」，女子回答「不」，後來，陳氏下馬，解開捆綁女子的繩子，女子像一件物品似的跌落在地，她早已筋疲力盡。「苦嗎？」陳氏又問，此時，女子已無力回答，只是無力地搖頭凝視著他。女子口裡含著水，靜靜地斷了氣。只有在這一瞬間，陳氏才對女子產生了一絲感情，但那卻不是真摯不渝的愛情。整個故事女子只說了一個「不」字，一直默默承受痛苦，默默獻出生命，卻沒有一句表白。這正是作家井上靖筆下女性形象的一個顯著特點，「女性不輕易或不直接告知對方自己的心意，而是一直等待對方瞭解自己內心的情感。女人對人的體貼、細心的關懷、感情的情趣都不直接表現在表情和動作上，而是深藏在內心深處。」[17]小說《漆胡樽》中的女子明知陳氏勾引自己的目的是協助逃亡，而自己為此會搭上性命，但還是決定用自己的生命送陳氏一程，在生命的盡頭，才換來陳氏「一絲感情」，這感情卻不是女子期待的「真摯不渝的愛情」。小說《洪水》中阿夏族女子的命運也是如此淒美。後漢獻帝末期（西元189-220），索勘率領一千敦煌兵出玉門關，在庫姆河畔建立新的武裝屯田基地，為將來漢朝部隊進駐做準備。這段歷史《水經・河水注》中有所記載：敦煌索勘，字彥義，有才略。刺史毛奕表行貳師將軍，將酒泉、敦煌兵千人，至樓蘭屯田，起白屋。召鄯善、焉耆、龜茲三國兵各千，橫斷注濱河。河斷之日，水奮勢激，波陵冒堤。勘厲聲曰：「王尊建節，河堤不溢；王霸精誠，呼沱不流。水德神明，古今一也。」勘躬禱祀，水猶未減，乃列陣被杖，鼓噪歡叫，且刺且射，大戰三日，水乃回減。灌浸沃衍，胡人稱神。大田三年，積粟百萬，威服外國。[18]井上靖的小說《洪水》是根據這段歷史進行創作的，小說中前半部分內容是作者依據史實而寫，而被索勘最後拋棄的阿夏族女子部分是由作者虛構而成

---

17 井上靖著：《井上靖全集》（東京：新潮社，1999年），卷24，頁449。

18 楊守敬、熊會貞：《水經注疏》（南京市：江蘇古籍出版社，1989年），上卷，頁97-98。

的。索勘軍隊駐守樓蘭第三年，屯田積粟百萬，索勘決定舉行歷時三天的盛大的慶祝儀式，女子問索勘舉行如此盛大的儀式，是否因為部隊不久即將離開邑城？索勘否認，女子一直注視著他的眼睛，靜靜地搖著頭。是否帶女子一同離開？女子的頭髮、眼睛、以及膚色、語言，這一切都讓索勘顧慮。最後，當洪水擋住歸途中的索勘時，索勘主動提出祭獻女子。祭獻女子後，河水減退，索勘順利渡河後，又對犧牲的女子產生了感謝和憐憫之情，同時，也感到過去從未有過的如釋重負般的輕鬆感。[19]緊接著，洪水如發怒的蛟龍，毫不留情地將索勘軍隊以及其三年間的一切吞噬。在井上靖西域題材歷史小說中，多數男性都很珍視女性的情感，或者能夠明白並回應女子對自己的感情，即便是《敦煌》中魯莽的朱王禮也有著一怒為紅顏的激情，儘管他明白回紇王族女對自己並無感情，但因為自己深愛著這女子，所以，不惜性命與全軍統帥李元昊決戰。《異域人》中班超的部下趙私自娶于闐女子，後來被班超強行送走，女子途中中毒箭身亡，這位常年與班超患難與共的部下趙逃奔龜茲軍，並率軍與班超部隊作戰。只有《洪水》中男主人公索勘拋棄女子，最後慘遭被洪水吞噬的厄運。這一虛構性描寫，是井上靖西域題材歷史小說中唯一的一次讓辜負女子感情的男性遭遇厄運。也許這只是井上靖小說創作的一種嘗試，但也許井上靖想借此捍衛其心目中理想女性的情感。

三 唯美

從井上靖所塑造的西域各民族女性形象，我們可以看出西域題材歷史小說創作的一個特點就是說中人物之間的對話描寫並不多，但畫面感很強。作品《樓蘭》中年輕的王后以自殺出場、《漆胡樽》中匈

---

19 井上靖著：《井上靖全集》（東京：新潮社，1999年），卷6，頁102。

奴女子一直只說一個「不」字、《異域人》中于闐女子只有被迫離開時的哭聲、《敦煌》中西夏女子被賣時只說「願意」，回紇王族女再遇趙行德時只是「啊」了一聲，而這一聲卻包含了很多複雜的情感，有驚訝、困惑、喜悅和悲傷。隨後，回紇王族女墜城自殺，從遠處看回紇王族女的身影只是個黑點，黑點沿著城牆拖著長尾飛落而下，這一場景在趙行德心中定格，並明白回紇王族女這一舉動是為了向自己表明她內心的純潔。此後，趙行德每次想起回紇王族女，「他的眼睛裡還可以清晰地勾畫出她從甘州城牆墜下時的那個黑點以及黑點劃出的細細的曲線」。這些清晰的場景是作者詩意的心理形象的外化，而貫穿這些心理形象的正是作者所獨具的文學繪畫氣質。井上靖這獨具特色的文學繪畫氣質的形成得益於其十餘年美術記者的經歷。如前所述，一九三六年井上靖創作的小說《流轉》獲得首屆千葉龜雄獎後，井上靖得以直接進入《每日新聞》大阪總部工作。最初，井上靖擔任宗教記者，負責佛教經典解說。一年後，轉而負責執筆美術評論，發表了大量的詩評和畫論。這一時期，井上靖還到京都大學研究所研究美學，他的美學知識大半是在這一時期積累起來的。井上靖原本感覺敏銳，對繪畫藝術具有很強的感受性和鑒賞能力，加之十餘年美術記者的經歷，進一步磨煉了其後作品中獨具特色的繪畫氣質。因此，他的文學作品常見詩歌或繪畫中精練的語言以及唯美的意境。

　　在《樓蘭》、《敦煌》發表之際，日本有些學者稱其為「文學冒險」，禮貌地加以肯定，但同時認為作品以自然為主人公，沒有細緻入微地描寫登場人物，讓人感覺主題不夠鮮明。筆者認為這也正是井上靖文學創作的一個特點，小說中的人物只是象徵性地存在，讀者可以根據自己的理解不斷豐富人物形象及其內心世界，這種創作手法給讀者留下很大想像空間。如前文所述，小說《樓蘭》中先王王后的出場就是服毒自殺的結局，讀者根據小說前後的內容，結合作家的其他作品以及其創作傾向，剝繭抽絲般地分析出先王王后的死因，更加深

了讀者對井上靖塑造女性形象的理解。而如果作者直接交代先王王后是為了堅守貞潔服毒自殺的，或者再對其內心世界或自殺前後進行細緻入微地描寫，那麼小說這部分內容也就索然無味了。

　　井上靖筆下西域各民族的女性大多具有高貴的靈魂，並堅守著對男性的貞操，話語不多，多用行動向男子表明情感，因此，給人以靜謐之美，從其作品所塑造的西域各民族女性形象可以看出，這部分內容是井上靖進行歷史小說創作時充分發揮想像的部分之一。另外，由此也可以看出作家井上靖對西域的熱愛之情，因為，其作品中所描繪的西域各民族女性形象無一不與其理想的女性形象有著或多或少的關聯，也就是說在西域小說中，井上靖讓自己理想的女性化身為西域各民族的女性，讓其生活在自己一直嚮往的地土上，實現自己年輕時代的夢想。

第四節　井上靖的「西域情節」在中國的餘響

　　葉燮的《原詩・內篇》有云：「大凡人無才則心思不出，無膽則筆墨畏縮，無識則不能取捨，無力則不能自成一家。」[20]鑒於此，他將文學創作與研究者所應具備的素質界定為：「大約才、識、膽、力，四者交相為濟，苟一有所歉，則不可登作者之壇。四者無緩急，而要在先之以識，使無識，則三者俱無所托。」上述「才」「膽」「識」「力」四種因素「交相為濟」協力合成的說法對於綜括井上靖的文學創作情況是頗為恰切的。在井上靖長達半個多世紀的文學生涯中，縱觀他的創作經歷，的確體現了卓識與才情、廣博與精深、恪守與原創等諸多方面的諧和調適所生成的通達境界。

---

20 葉燮：《原詩・內篇》，王夫子等撰：《清詩話》（上海市：上海古籍出版社，1963年），下冊，頁571。

　　如前所述，井上靖是日本近現代以來最有影響的中國題材歷史小說作家。他的作品或是以藝術的形式再現了中日兩國之間歷史悠久的文化交流，歌頌了中日兩國人民悠久的友好歷史；或通過對中國古代文化的描繪，勾勒出一個有著悠久歷史、燦爛文化而愛好和平的文明古國中國的形象。這些作品，可以使戰後的日本人更好地瞭解中國，瞭解日本文化與中國傳統文化之間的關係，對中日兩國人民之間的友好往來，起到了不可忽視的促進作用。日本著名學者德田進認為《孔子》「這部作品使那些讀過或未讀過《論語》的人，都能把孔子作為中國的代表人物來理解，所以井上靖塑造的孔子，使讀者心理得到了充分的滿足」。[21]井上靖在這些作品中，表現出對中國古代文化的禮贊之情，傾注了對中國人民的友好感情，以及對中日兩國人民世世代代友好下去的真摯願望。通過這些作品的創作，「在中日文化之間，架起了一座美麗的虹橋」。[22]在日本歷史上，一共出現過三次「絲綢之路」熱潮，第一次是在中國的唐代；第二次是日本的明治維新時期（1868-1912）；而第三次就是井上靖小說《敦煌》的出版和紀錄片《絲綢之路》的拍攝。由此可見井上靖在傳播中國文化方面所做的貢獻。但在當下的中國，通過對井上靖文學的翻譯、研究，也暴露出一些中國文人缺乏文化一體化眼光、心理褊狹的缺憾。例如，王英琦的《大唐的太陽，你是失落了嗎？》即是一篇在愛國主義旗幟下淋漓盡致地表現國家主義或曰狹隘民族主義觀念的文章。作者有感於《井上靖西域小說選》，有感於井上靖、平山郁夫和喜多郎等日本人對西域文化的鍾情和研究，竟發出急切、憤慨甚至妒忌的呼喚。說井上靖在寫，平山在畫，喜多郎在作曲，西域全讓日本人給包了，中國人死絕

---

21 〔日〕德田進：《井上靖的小說〈孔子〉與〈論語〉的關係》，《中日比較文學論集》（長春市：時代文藝出版社，1992年），頁242。

22 冰心：《井上靖西域小說選・序言》，耿金聲、王慶江譯：《井上靖西域小說選》（烏魯木齊市：新疆人民出版社，1984年），頁2。

了！而後又激情地寫道：「啊！我國的作家、畫家、藝術家和考古學家們，你們都在哪裡啊？……莫非你們真甘心坐等外國人來研究我們的歷史，我們的藝術？」篇末寫到井上靖從西域滿載而歸時，作者道出自己的心境：「他老人家愜意了，我卻窩下了心病」。論文作者的立場基點顯然是一種狹隘的民族主義立場，顯示了缺乏世界視域、缺乏人類文化一體性的視角，表現出文化心胸的狹窄與態度的偏激。實際上，作為經濟文化全球化時代的現代人，尤其對於身為文化學者的人士而言，除卻根意識和國族本位立場之外，更該持有的立場和態度理應是全球化視野和「人類」意識。世界任何一種文化（包括西域文化）都是人類文化的一部分，可供任何國別的人來研究。愛國主義固然不可忽略，若缺失了愛國精神和根意識，包括作家在內的任何人都不過是無線之風箏。國家不能覆蓋、也不能代替「人類」和「文化」，尤其對作家和文化人士更是如此。作家和文化人士應在愛國的同時有著文化多元化的眼光和更高遠的終極關懷。

一九八〇年六月十日，井上靖被推舉為日本中國文化交流協會會長並長期擔任這一職務。對中國歷史文化的強烈認同和對中國人民的深厚友好情感是促使其長期擔任這一民間文化交流組織的領導職務、傾盡畢生精力促進兩國文化交流的全部原因。除頻繁的社會活動之外，井上靖在中日兩國友好交往、文化友好交流方面作出的最大貢獻莫過於他窮盡畢生，嘔心瀝血創作的那一篇篇、一部部以中國作為題材或者素材來源，聯動著中日兩國讀者共同情感心緒的歷史小說。當下的經濟、文化全球化時代，任何國家和民族的文化都不可能再保持單一的、線性的走向，也不可能是由內封閉的文化結構模式構成。現今的文化和文學勢必是由多種文化元素整合起來的，多元性和開放性是普世文化互動所形成的一種關係到人類生存和人類社會發展的共同的價值取向和價值追求。與以往的文化景觀不同的是，在全球化背景下，民族的、地域的、本土的文化將揚棄自身封閉的、保守的、僵化

的、固執的狀態，在向世界文化的開放與交流中，一方面促使世界文化的健康發展，形成人類社會發展的共同氛圍和文化機理；另一方面使自身得到修正、豐富與完善。正像有的學者所指出的那樣，「未來世界人類文明發展的總趨勢是『和平、發展與進步』，全球化既已成為不可逆轉的歷史潮流，那麼正確的策略是對其因勢利導，使全球化朝著符合最大多數人的最大利益的方向發展」。[23]井上靖的文學活動尤其是他的一系列中國題材的歷史小說創作無不形象的確證了上述說法。

---

23 麥永雄：《全球化語境中的文明誤讀與文化交流》，王寧、薛曉源主編：《全球化與後殖民批評》（北京市：中央編譯出版社，1998年），頁297。

第三章

詩與小說：酵母與釋義

第一節　散文詩──文學的出發點

在日本近現代文學家中，同時進行小說和近代詩或現代詩創作的作家不乏其人。明治文壇重鎮森鷗外（1862-1922），除小說創作之外，在詩、短歌[1]、俳句[2]等領域都有所建樹。這類作家除森鷗外之外，大約還有二十幾位，如島崎藤村（1872-1943）、室生犀星、芥川龍之介（1892-1927）、伊藤整（1905-1969）、野間宏（1915-1991）、加藤周一（1919-2008）等。

在群星閃耀的近現代日本文壇，井上靖是獨具特色的。首先，井上靖一直有意識地用散文詩這種文學形式進行創作。在諸種文學體裁中，散文詩形式極為自由；而偏於主觀與內向，又是散文詩的一大特徵。這種文學體裁，對於井上靖來說，無疑是一種再合適不過的文學形式。其次，井上靖的小說與詩並行創作持續時間長，幾乎貫穿其整個作家生涯。文學放浪時期的散文詩創作與有獎徵文投稿幾乎同時開始，創作處女作《獵槍》、《鬥牛》的時期也正是其詩作興盛期，一九四六年五月到一九四八年十一月，在創作《獵槍》與《鬥牛》的同時發表散文詩二十七篇。詩的因子和小說的故事性並行，構成井上靖文學的重要因素，也是解開井上靖文學全貌的一把重要的鑰匙。

井上靖創作的散文詩內容相當豐富，敘述人生、激勵青年、懷念

1　日本和歌的主要歌體。它的句式是五、七、五、七、七、五節三十一音，屬於抒情短詩。

2　由五、七、五共十七個音節組成的短詩。

老友、追憶往事、引申古典、歌頌自然、感慨世事，另外還有最引人
遐想的訪問遺跡、考古紀遊。題材多樣，不一而足。其中有真實的描
繪，也有虛構的幻想；有真摯的赤誠，也有無奈的戲謔。井上靖除了
注重詩的內容、旨意、遣詞之外，對詩的形態——詩體要求更是嚴
格。他在《全詩集》的後記中說：

> 這次全詩集中，除去收錄了以前五本詩集的作品之外，更把近
> 作《西域詩篇》和《拾遺詩篇》也新加了進來，這是我直到今
> 日（1979年10月）的全部詩作。此外，還有六十餘篇創作初期
> 的作品，但那是我創作方法尚未定型時的作品，現在重讀之
> 時，覺得那些詩似乎是我的作品，又似乎不是我的作品，雖然
> 那些確是我自己所寫，但嚴密地說起來，那些都是我作為詩人
> 出發之前的作品，這一時期的作品，我在以前的五本詩集中未
> 曾收錄，現在，在這本全詩集中也不予收錄。[3]

這些被擯棄在外的六十餘首初級詩作，之所以被擯棄是由於這些
作品都是井上靖的「詩的創作方法尚未定型時的作品」。換句話說，
也就是這些作品均尚未具備井上靖的詩的風格特徵。僅就形態而言，
井上靖詩的風格特徵是採用了一種散文詩的形式。而且，在書寫或印
刷時，每行字數相等，中間很少分段分節，並且排列整齊。

井上靖認為散文詩是一種最純粹地表達人類經驗的文類。在散文
詩中，井上靖常以冷徹的目光，透過表層去深入挖掘現代人心靈深處
的憂愁與悲苦，以及無法擺脫的孤獨——潛藏在人生暗淡底層的「白
色河床」。從整體上看，井上靖的詩沒有激越的感情表白，也沒有強

3　〔日〕井上靖：《井上靖與其〈詩之世界〉》，喬遷譯：《考古紀遊》（臺北市：九歌出版
　　社，2001年），頁6。

烈的主觀吶喊，只是以冷靜的達觀的形式，在沉靜、客觀以及抑制感動的形態之中，低吟難以名狀的人生真實。他的詩，結構縝密，古樸典雅，且極富繪畫之美。井上靖的文學活動就是從散文詩的創作開始，並終生致力於用散文詩為小說遣辭造境。

　　一九五八年，井上靖第一部詩集《北國》由東京創文社出版，在日本文學界引起轟動。宮崎健三評論說：「從這本詩集中可以看出井上靖的創作實力，他不是個流行作家，而是位詩人、是位卓越的詩人」。[4]西協順三郎也稱讚井上靖為「卓越的詩人」[5]，並認為：「如果就形體來說，井上靖的詩如韓波的那般優美，又如同波德萊爾的詩那般抒情。」[6]大岡信也給予井上靖很高的評價，他說：「可以說，井上靖絕不是將詩作為激昂感情的表白來把握，相反他在更廣泛地捕捉詩方面取得了成功。……井上靖開發了這樣一種詩法，即將詩隱藏在乍見是客觀的、抑制感動的形態之中，使之不受傷害。從根本上說，儼然存在一種關於詩形的諷刺的認識。稍誇張地說，這是對日本現代詩史的一種挑戰。」[7]

　　繼《北國》之後，一九六二年十二月，新潮社刊行了他的第二部詩集《地中海》。其後，詩集《運河》（築摩書房、一九六七年六月）、《季節》（講談社、一九七一年十一月）、《遠征路》（集英社、一九七六年十月）、《井上靖全詩集》（新潮社、一九七九年十二月），以及《乾河道》（集英社、一九八四年三月）相繼問世。一九八八年六

4　〔日〕井上靖撰，喬遷譯：《〈星闌干〉與井上靖的「詩業」》，《星闌干　序》（臺北市：九歌出版社，1999年），頁21。

5　〔日〕井上靖撰，喬遷譯：《井上靖與其〈詩之世界〉》（臺北市：九歌出版社，2001年），頁9。

6　〔日〕井上靖撰，喬遷譯：《井上靖與其〈詩之世界〉》（臺北市：九歌出版社，2001年），頁10。

7　〔日〕大岡信：《詩人井上靖──主題與方法》，《自選井上靖詩集解說》（東京：新潮社，2001年），頁190。

月，新潮社出版了他的第七部詩集《旁觀者》，第八部詩集《星闌干》則在一九九○年十月由集英社出版。不管是有意識的還是無意識的，這些詩集中的詩作是井上靖各個文學創作時期的歸結，也是他從事小說創作活動的原點。因此，研究井上靖的文學軌跡，不能忽視作為其文學有機組成部分的詩作群。

河盛好藏說：「井上靖的詩是他小說的酵母，井上靖的小說是他詩的釋義。」這句話恰如其分地闡明了井上靖的詩與小說的關係。井上靖的散文詩與他的小說，在質與文體方面是有密切關係的。這一點，可從他的第一部詩集《北國》中看到明確的跡象。

井上靖在第一部詩集《北國》的前言中說道：「我這次認真地把筆記重讀了一遍，發現自己的作品與其說是詩，還不如說是被關在一個小箱子裡逃不出詩的範圍。」[8]當然這是對自己作品的一種極度謙虛的評價，但從中卻道出了井上靖從散文詩走向小說的秘密。事實上，井上靖創作了很多與散文詩同名的小說作品。例如散文詩《獵槍》發表於一九四八年，同名小說發表於一九四九年；散文詩《比良的石楠花》發表於一九四六年，同名小說發表於一九五○年；散文詩《漆胡樽》發表於一九四七年，同名小說發表於一九五○年；散文詩《流星》發表於一九四七年，同名小說發表於一九五○年等。每一部同名散文詩和小說在內容的結合上各有特色。還有很多散文詩和小說雖不同名，但在內容上卻有著深層的關聯。

井上靖雖然是以小說創作立足於日本文壇。但在文學萌芽時期卻是以詩為文學起點，進而構築起獨有的審美基礎。他的小說常常出自詩的構思，通過不斷積累的詩象來拓展故事情節，從而在小說作品中留下詩的痕跡。藉創作小說而達到詩歌的抒情境界，也正是井上靖文

8　〔日〕井上靖：《私の詩作ノート》，《井上靖全集》（東京：新潮社，1999年），卷24，頁3。

學創作所獨具的特色之一。一九四一年，沈從文在一次關於短篇小說
的講演中說：

> 一切藝術都容許作者注入一種詩的抒情，短篇小說也不例外。
> 由於對詩的認識，將使一個小說作者對於文字性能具有特殊的
> 敏感，因而產生選擇語言文字的耐心。對於人性的智愚賢否、
> 義利取捨形式之不同，也必同樣具有特殊敏感，因之能從一般
> 平凡哀樂得失景象上，觸著所謂人生，尤其是詩人那點人生感
> 慨，如果成為一個作者寫作的動力時，作品的深刻性就必然因
> 之增加。

同樣，井上靖在小說創作中不斷注入詩的情愫，而小說所蘊涵的
詩的底蘊正是井上靖文學的重要因素。

第二節　詩與小說並行創作

如前所述，井上靖創作過很多散文詩和小說同名的作品；有些散
文詩和小說雖不同名，但在內容上卻有著深層的關聯；有些是相同的
中國文化素材出現在不同的散文詩和小說之中。本節通過井上靖創作
的兩篇描寫胡旋舞的散文詩，與其創作的歷史小說《楊貴妃》中出現
的胡旋舞的內容進行分析，通過文本闡釋井上靖散文詩與小說並行創
作的特點。

井上靖一生創作了四百六十二篇散文詩，散文詩中的素材又多次
出現在其小說創作中，風靡中國唐代都城長安的胡旋舞也成為其文學
創作的素材，井上靖以此為主題創作了兩首散文詩，並在其中國題材
歷史小說《楊貴妃傳》中將胡旋舞與安祿山緊密相關，由此重構安祿

山的人性本質和其反叛的脈絡。井上靖創作的第六部詩集《乾河道》[9]中關於中國胡旋舞的散文詩。

胡旋舞（一）[10]

風靡唐代都城長安的胡人舞蹈胡旋舞，究竟是怎樣的舞蹈，如今已無人知曉。唯有從敦煌千佛洞的壁畫，能夠窺視到這奇妙的旋轉姿態。站在壁畫前，感覺背負大琴的舞女的身影漸漸消失，不知從何處傳來聲聲軍鼓，舞女已站在軍鼓聲響的最前端，如龍捲風般飛舞而來。胡族可憐舞女的命運就是如此旋轉。

胡旋舞（二）

中國古書對胡族舞蹈胡旋舞極盡讚美之辭。「心應弦，手應鼓」、「左旋，右轉，不知疲」、「回雪飄飄，舞如轉蓬」、「疾如旋風，耀如火輪」，這些言辭尚可接受，但「逐飛星，掣流電」、「回轉亂舞，當空散」，這些已經超過讚美的極限。越過天山而來的胡族舞女，其變幻無常的命運的旋轉，如尖錐刺入長安人的心底。站在敦煌千佛洞胡旋舞壁畫前，深刻體會這一點。只有尖銳的足尖，才能支撐深藏於體內無限悲哀的旋轉。

井上靖散文詩中提到的敦煌千佛洞壁畫應該是指敦煌莫高窟兩百二十窟「東方藥師淨土變」，壁畫上伎樂天展臂旋轉、佩帶飄繞，表現了類似胡旋舞疾轉如風的特點，舞姿與唐詩中描繪的胡旋舞形象吻合，很多學者認為其可能就是唐代風行的胡旋舞。胡旋舞最初是由西域康居等地傳來的富有民族特色的舞蹈，其特點是動作輕盈、急速旋

9　《乾河道》，一九八四年三月集英社出版。

10　《胡旋舞》（一）、（二）均為本文作者自譯。

轉、節奏鮮明、奔騰歡快，多旋轉蹬踏，故名胡旋，是唐代最流行的舞蹈之一。在胡旋舞最為盛行的唐代，白居易和元稹的詩作《胡旋女》甚為有名。白居易的《胡旋女》為：胡旋女，胡旋女。心應弦，手應鼓。弦鼓一聲雙袖舉，回雪飄飄轉蓬舞。左旋右轉不知疲，千匝萬周無已時……元稹的《胡旋女》為：天寶欲末胡欲亂，胡人獻女能胡旋。旋得明王不覺迷，妖胡奄到長生殿。胡旋之義世莫知，胡旋之容我能傳。蓬斷霜根羊角疾，竿戴朱盤火輪炫。驪珠迸珥逐飛星，虹暈輕巾掣流電。潛鯨暗吸笡波海，回風亂舞當空霰……

　　從以上這兩首詩可以看出，井上靖《胡旋舞》（二）所說的「中國古書對胡族舞蹈胡旋舞極盡讚美之辭」，是指白居易和元稹《胡旋女》中的詩句，並認為白居易的讚美之辭比較恰當，元稹的詩句過於誇張。在其中國題材歷史小說《楊貴妃傳》中再次提到白居易的《胡旋女》，小說中安祿山第一次入朝時，玄宗設宴，宴會進行一半，特意為安祿山安排了民族舞蹈，或是幾十名胡族嬪妃合跳，或是兩三人合跳，「胡旋女表演胡旋舞，這是北方胡族舞蹈，如男性般剛烈的舞蹈。『胡旋女，胡旋女。心應弦，手應鼓。弦鼓一聲雙袖舉，回雪飄飄轉蓬舞。左旋右轉不知疲……』白居易曾這樣描寫胡旋舞」。[11]另外，作家在小說中將胡旋舞與安祿山緊密相關。

　　安祿山初次謁見玄宗，玄宗特意安排胡旋女表演胡旋舞，「表演結束，安祿山突然出現在舞臺中央，誰都沒有注意到他何時離開坐席，此時，安祿山開始跳舞，跳的正是胡旋舞。連走路都甚是艱難的安祿山肥胖的身軀，隨著音樂開始起舞，而且舞得十分輕快。突然，舞蹈節奏加快，安祿山的身體開始旋轉，瞬間變成一根棍棒，眾人仿佛看見陀螺在旋轉，安祿山的臉、頭、身體變得模糊不清，只能稱之為陀螺。動作漸緩，漸漸可以看清安祿山的臉、手、腳。瞬間，安祿

---

11 井上靖：《楊貴妃伝》（東京：講談社，1968年9月12日，第1刷發行），頁73-74。

山的身體開始向相反的方向旋轉，隨即又成為一個陀螺，陀螺一邊旋
轉，一邊移動，眾人齊聲喝彩，只有玄宗、李林甫和高力士三人沒有
反應，分別以不同的表情凝視著這奇妙的陀螺旋轉」。這樣，安祿山
在初次謁見玄宗的宴席上，主動跳起胡旋舞，一舉成功征服玄宗以及
諸位臣子。有關這一段內容的描述，在唐代姚汝能撰寫的唐代別史雜
記《安祿山事蹟》中僅九個字：玄宗每令作《胡旋舞》，其疾如風。
井上靖在為小說《楊貴妃傳》中文版寫的前言中說明：「這部作品主
要取材於《舊唐書》《新唐書》《資治通鑒》等，部分內容取材於白居
易、杜甫等的詩篇。此外，筆者也適當參考了《長恨歌傳》《楊太真
外傳》《梅妃傳》《開元天寶遺事》《安祿山事蹟》等，但寫作的指導
思想是尊重史實」。[12]因此，可以說，井上靖在創作《楊貴妃伝》這部
小說時，瞭解《安祿山事蹟》中「玄宗每令作《胡旋舞》，其疾如
風。」的史實，但在小說創作中，卻只讓安祿山跳了一次胡旋舞，其
後，通過安祿山拒絕玄宗請其再跳胡旋舞的請求，表明安祿山巧言令
色的本質和其勢必走向反叛的過程。這一與史實不同之處正體現了井
上靖歷史小說的創作方法。井上靖的歷史小說既不像森鷗外那樣照搬
歷史，也不像芥川那樣偏離史實，而是介乎兩者之間，以史實為主的
歷史小說。也就是說，井上靖繼承了森鷗外以考據、實證等正史資料
為依據的純歷史小說的基本品格，使小說表現出純歷史小說的嚴肅性
和歷史可信性；但同時又不為正史資料所拘囿，在一些非主要事件和
人物的描繪上敢於發揮自己的想像力和重構力，從而實現了小說文本
建構的審美追求：詩與史的融合。第一部真正意義上的長篇歷史小說
《天平之甍》，就為讀者演繹了具有可讀性的鑒真東渡的歷史故事。
在那之後，他所創作的歷史小說《樓蘭》、《敦煌》、《蒼狼》等，無一

---

12 井上靖著、周祺等譯：《楊貴妃傳》（鄭州市：中州古籍出版社，1985年8月，第1
版），頁1。

不是尊重歷史與發揮想像的產物。《楊貴妃伝》也充分體現了作家井上靖的歷史小說創作理念。根據史料，尊重史實，發揮作家自己的想像力和重構力，不惜筆墨描繪安祿山肥胖的身軀如何跳起胡旋舞以及玄宗和眾位大臣的反應，並進一步發揮作家的想像力，讓安祿山拒絕再次為玄宗跳胡旋舞的請求，以此來重構安祿山的人性本質和其反叛的脈絡。

「在初次謁見玄宗的宴席上，安祿山跳起胡旋舞，不僅玄宗，所有在場的文武百官都為之驚訝不已。但從那之後，安祿山再沒有主動跳過。玄宗曾要其再跳一次，但安祿山表現出十分誇張的痛苦表情和動作，說道：『陛下可知雜胡的體重？』，玄宗略作思考：『二百五十斤』，『不！不！』安祿山繼續誇張的痛苦表情和動作。『光肚子就有三百五十斤。讓三百五十斤重的東西那樣旋轉，甚是不易！那日，雜胡得以謁見陛下，雜胡高興得忘乎所以，不覺間離席，跳起舞來，陛下看到的不是雜胡跳的胡旋舞，而是雜胡內心無法掩飾的喜悅，是雜胡的心意。如果不是那般的喜悅，怎能跳出那般的舞蹈？現在想來還心有餘悸，險些斷氣，到現在還沒能平復，看！還怦怦地跳！』安祿山雙手抱著自己肥碩的胸脯，上前給玄宗皇帝看……」[13]其後，安祿山再次進京，再次以其跳過胡旋舞的肚子表白自己的忠心。當玄宗為安祿山加官進爵，除了原來的平盧節度使外，又讓其兼任范陽節度使，緊接著又宣佈讓其再兼任河北採訪使，安祿山表白自己「肚子裡只有對陛下的忠心，再無其他。」[14]然而，並非沒有人注意到安祿山跳胡旋舞時舞動的肚子，在安祿山此次被加官進爵之後，高力士和李林甫感覺到此人的危險，二人議論，「若是他無止境地肥下去，到頭

13　井上靖：《楊貴妃伝》（東京：講談社，1968年9月12日，第1刷發行），頁75，以下內容均為筆者自譯。

14　井上靖：《楊貴妃伝》（東京：講談社，1968年9月12日，第1刷發行），頁80。

來，他總會身不由己的。」[15]「讓他再肥下去，就太危險了。跳胡旋舞時，他那肥胖的身軀竟能旋轉如飛，這本事可非同小可，無人可比。」[16]安祿山反叛後，玄宗宣稱要親手砍下雜胡的腦袋，楊貴妃聽後頗有感觸，「想起曾經看過安祿山跳的胡旋舞。安祿山連行走都困難的巨大身軀，當時像一隻陀螺，以令人難以置信的速度旋轉，必須用一把利劍刺中這只旋轉的巨大陀螺，這一劍應該由玄宗來刺。這樣安祿山旋轉的速度才會變慢，最終捧倒於地。捧倒在地的安祿山的肥墩墩的胸脯上將插著一把利劍，鮮血如泉水般從其身後不斷湧出」[17]。在這裡，作家認為安祿山陀螺舞般飛速轉變的始作俑者是玄宗皇帝，因此，玄宗皇帝應該親自制止其旋轉。小說中，安祿山以胡旋舞贏得玄宗皇帝的信任，得以加官進爵，其勢力範圍如陀螺旋轉般迅速變化，其野心也在不斷膨脹，最終出現反叛的結果。因此，應該讓玄宗皇帝在安祿山一再表忠心的肥墩墩的胸脯上刺上一劍，讓其停止旋轉，用安祿山不斷湧出的鮮血讓玄宗皇帝正視現實，不再對其抱有幻想。

　　井上靖中國題材歷史小說《楊貴妃伝》的創作始於一九六三年，同年，井上靖與安藤更生等人一同以紀念鑒真和尚圓寂一千二百年日本文化界代表團成員身份訪華，並有幸訪問了這部作品的主要舞臺——西安，但沒能前往敦煌。十餘年後井上靖前往敦煌，站在敦煌千佛洞胡旋舞壁畫前親眼目睹了胡旋舞的舞姿，創作出兩首散文詩，作品對胡旋女充滿了同情之意，認為胡旋女的命運就是「疾如旋風，耀如火輪」地旋轉，儘管由此帶來的「變幻無常的命運的旋轉，如尖錐刺入長安人的心底。」但「只有尖銳的足尖，才能支撐深藏於體內無限悲哀的旋轉。」

15　井上靖：《楊貴妃伝》（東京：講談社，1968年9月12日，第1刷發行），頁84。

16　井上靖：《楊貴妃伝》（東京：講談社，1968年9月12日，第1刷發行），頁84。

17　井上靖：《楊貴妃伝》（東京：講談社，1968年9月12日，第1刷發行），頁229。

第四章
詩與史的融合：《蒼狼》還原抑或解構「歷史」

第一節　草原作品的創作肇因

　　這位高貴的君主叫成吉思汗，

　　在他的那個時代威名遠揚，

　　任何地方，任何區域，

　　都不曾出現過這樣一位傑出的萬物之主。

　　他得到了一位君主所應該得到的一切。

　　他出生於哪個教派，

　　就發誓要維護哪個教派的戒律。

　　他也是一個勇敢、賢明和富有的人，

　　總是同情別人，匡扶正義，熱愛一切，

　　他的話給人安慰，充滿仁慈，令人尊敬，

　　他的精神成為中流砥柱；

　　他年輕有為、朝氣蓬勃、身強力壯，渴望戰鬥

　　就像他帳中的所有侍從一樣。

　　他為人公正，屢交好運，

　　一直保持著極其高貴的地位，

　　世上沒有第二個人能如此。

　　這位高貴的君主，就是韃靼的成吉思汗。

　　　　　　　　　　——喬叟《坎特伯雷故事集》（1395年）

十四世紀,「英國詩歌之父」傑弗里・喬叟（1340-1400）在他的第一本著作《坎特伯雷故事集》中,他把最長的浪漫傳奇故事獻給了世界征服者——成吉思汗。在文章中,喬叟用一種毫不掩飾的崇敬之情,描繪了成吉思汗的一生和蒙古民族所取得的成就。

一　成吉思汗與源義經

十三世紀的成吉思汗（1162-1227）時代,蒙古草原的交通工具只有馬匹、駱駝,然而就是這馳騁於草原的騎兵軍團,幾乎征服了東半球的全部地區。巴羅爾・拉木寫道:「這個帝國好像魔術般地突然產生出來,使很多歷史學家困惑不解」。日本的歷史學家和文學家也同樣對蒙古,對成吉思汗抱有濃厚的興趣。在日本,泛蒙古主義具有很大的吸引力。一些日本學者還傳播著這樣一個故事,成吉思汗實際上是日本平安朝末期的武士源義經（1159-1189）。源義經在一次權力鬥爭後逃離日本,來到蒙古草原遊牧部落避難,然後他率領蒙古部落征服了世界。這種說法始於日本明治年間（1868-1912）,末松謙澄（1855-1920）的「成吉思汗和源義經是同一人」之說,體現了整個日本民族英雄崇拜的心理和希望英雄不死的願望。據日本歷史記載,鐮倉幕府創建者、征夷大將軍源賴朝（1147-1199）的同父異母兄弟源義經屢立戰功。因遭到源賴朝的妒忌,投奔本州北部的藤原氏,被源賴朝派兵征討而戰死。源義經成為後世日本戲曲小說中歌頌的英雄。源義經死後幾百年的江戶時代（1603-1868）,出現了一種關於源義經的傳說,說他並未戰死,而是進入了北海道的哀奴人居住地。遊戲文人假託中國正史,杜撰了一部所謂《金史別本》的偽書,進一步編造說:源義經由哀奴之地到了庫頁島及中國東北,他的子孫成為金國的將軍。這種說法令當時的大學者新井白石（1657-1725）疑惑不解。一九二四年前後,畢業於美國大學並在北海道從事愛奴文化教育

十餘年的小谷部全一郎（1868-1941）出版了一部名為《成吉思汗乃源義經是也》的著作，論證二者是同一個人，並附有天臺道士的序文，蓋有「天覽、台覽賜」的璽印。該書出版後，立即引起了日本史學界的反響，許多史學家紛紛著文駁斥，《中央史壇》雜誌連續出版了兩期論證「成吉思汗不是源義經」的專刊。可見，該書在日本產生的影響是深遠且廣泛的。

生於一九二〇年的日本推理小說家高木彬光（1920-1995）也曾寫過一部別開生面的推理小說——《成吉思汗的秘密》。小說以著名偵探、東大醫學部法醫學副教授神津恭介為主人公（也是高木所著多部小說中的主人公），在一位偵探小說家和一位歷史助教的協助下，對源義經之死的種種史實加以推理分析，力圖找出證據，論證他並沒有死，而是通過愛奴人居住地進入蒙古，成為蒙古史上的成吉思汗。作者從成吉思汗周圍，尋找一切可能與源義經相連繫的蛛絲馬跡。例如，傳說源義經是經由蝦夷渡海來到蒙古，於是，作者將成吉思汗之父名「也速該」解釋為日語的「蝦夷海」（えぞかい）。還把成吉思汗使用的九遊白旗的白色和九的數字和源義經的典故連繫起來。最後，作者把成吉思汗四個漢字按日本讀法分解為「吉成、思水干」。「吉」字代表吉野，是源義經與愛妾靜御前訣別並發誓再度相見之地。「吉成」解釋為「吉野的誓言終將成功」。「水干」為當時藝伎所著服裝，代指人物，「思水干」是「思念靜御前」之意。……如此穿鑿附會，歪曲解釋之後，作者甚至把「成吉思汗」四個漢字用萬葉假名，讀成「なすよしもがな」，意為「重溫舊夢」，并以此結尾。

儘管「成吉思汗和源義經是同一個人」的說法當時就遭到日本史學家的駁斥，然而，有些日本人至今仍認為是歷史史實，至今對此深信不疑。

在這樣的社會大背景之下，井上靖是怎樣與「成吉思汗」結下不解之緣，成吉思汗這一歷史人物又是如何展現在日本作家筆端的呢？

井上靖在《〈蒼狼〉的周圍》一文中這樣寫道，中學時代並不知曉流
行於大正十三年的《成吉思汗乃源義經是也》及其相關爭論，到了高
中時代，這本書仍舊十分暢銷，擁有部分青年讀者。井上靖的朋友中
也有支持成吉思汗是源義經這種說法的。大學時代讀過這本書，但並
沒有留下特殊的印象，只是更深一層地瞭解到中學課本之外的有關蒙
古英雄成吉思汗的故事。

二 《成吉思汗實錄》

　　二戰末期，井上靖在大阪書店購買到日本蒙古學創始人那珂通世
（1851-1908）博士的《成吉思汗實錄》。《成吉思汗實錄》是《蒙古
秘史》的日譯注釋本。《蒙古秘史》被稱為蒙古民族的「史記」，詳盡
記載了成吉思汗幼年及青壯年時期的事蹟。後代的史學家、傳記作家
在論及成吉思汗及蒙古民族問題時，無不以此書為佐證。元朝滅亡以
後，人們在蒙古宮廷的金匱石室中發現了珍藏的《蒙古秘史》，它是
蒙古族的第一部史書，也是我國北方遊牧民族的第一部史書。全書共
十二卷，用畏兀兒體蒙古文寫成，書中記載了成吉思汗先人譜系、成
吉思汗生平業績和窩闊台統治時期的歷史。因「事關機密」，書成之
後，被長期保存於密室之中，連蒙古部落的黃金家族甚至史官都難以
寓目。直到明初，四夷館才用漢語及拼音翻譯注釋了《蒙古秘史》，
並改名為《元朝秘史》。後來《蒙古秘史》原文佚失，全書靠漢文資
料才得以保存下來。一九○一年，日本蒙古學創始人那珂通世博士開
始《蒙古秘史》的研究工作，當時日本與國際漢學界研究蒙古史的基
本史料《蒙古秘史》，一般只見到十五卷本，錯訛既多，無從校勘。
戊戌變法維新派的文廷式藏有國子監祭酒盛昱收藏的蒙文《蒙古秘
史》十二卷本抄本，闕誤較少，可與十五卷本互為勘正。那珂通世以
該卷本為底本進行研究，一九○七年，完成翻譯，一九○八年正式

出版《蒙古秘史》的日譯注釋本《成吉思汗實錄》。這部著作是明治時代日本東洋史研究的一部代表作，在國際漢學界評價很高。

　　然而，戰後由於種種原因，井上靖將這本書和其它書籍一起賣到了舊書店。五、六年後，在東京神田舊書店再次發現該書，首次開始了真正閱讀。這一次，他被蒙古民族的興盛歷程深深吸引，產生了強烈的創作欲望，並定名「蒼狼」。關於定名「蒼狼」的原因，井上靖在其自作解說中寫道：

> 據《蒙古秘史》的開篇處記載，傳說蒙古民族的祖先──蒼色如黑夜的狼和慘白如白晝的鹿肩負著上天的使命，共同渡過西方遼闊美麗的湖畔來到不兒罕山，在這裡繁衍了蒙古民族的子子孫孫。[1]

　　井上靖被這個美麗的傳說深深打動，便在構思之前定下了作品的名字。以「蒼狼」作為書名，固然起源於蒙古民族的這個蒼狼與白鹿的神話傳說，但更深層的含義在於作者想以此來表現成吉思汗的精神力量，這也正是作品發表後在日本文壇引起爭論的「狼原理」的最初根源。之後，井上靖搜集了大量關於成吉思汗和蒙古民族的書籍資料，有瑞典多桑（1780-1855）的《蒙古史》（1852），俄國符拉基米爾佐夫（1884-1931）的《蒙古社會制度史》（1930），法國布魯丁的《成吉思汗》，以及拉爾夫‧福克斯的《成吉思汗》，等等。此外，參考的資料還有日本近代小說家幸田露伴的劇本《成吉思汗》、現代作家尾崎士郎（1898-1964）的劇本《成吉思汗》、柳田泉（1894-1969）的《壯年的鐵木真》等。但主要資料來源是那珂通世的《成吉思汗實錄》，以及小林高四郎（1941- ）翻譯的《蒙古黃金史》，白鳥

1　〔日〕井上靖：《〈蒼き狼〉の周囲》，《井上靖歷史小説集》（東京：岩波書店，1981年），卷4，頁360-361。

庫吉的《音譯蒙文元朝秘史》。小林高四郎的《元朝秘史研究》和《東西文化交流》也對井上靖創作《蒼狼》起到了很大的作用。

最初閱讀《成吉思汗實錄》時，井上靖首先萌生的想法是抒寫興盛發展的整個蒙古民族。十三世紀，蒙古民族是這個世紀的主人，她改變了當時世界的政治格局。成吉思汗和他的子孫們一起，征服了十三世紀人口最稠密的文明世界。無論是人口總數、依附國家數，還是地域幅員，比歷史上任何其他征服者的規模都要大得多。蒙古帝國全盛時期幅員在兩千八百四十萬到三千一百〇八萬平方公里之間，幾乎相當於非洲大陸的面積。從西伯利亞冰雪覆蓋的凍土地帶到印度酷熱的平原，從越南的水田到匈牙利的麥地，從朝鮮半島到巴爾幹半島，鐵騎所到之處皆成疆域，從現代地圖上看，包括三十國家，超過三十億的人口。令人吃驚的是，創造這一輝煌成就的蒙古部落總人口僅一百萬，而征戰東西，所向披靡的軍隊只有十萬人。

歷史常以「弔詭」的形式展現自己的面貌。蒙古軍隊血腥殘忍的對外擴張，使幾乎所有被征服的國家都飽受了驚恐與苦難。它給被征服國造成的經濟、文化破壞和精神創傷，使今天的人們依然不寒而慄。另一方面，蒙古帝國又確實打破了在它之前存在的此疆彼界所帶來的種種阻隔，蒙古人的西征，溝通了歐洲、亞洲之間的交通，使東西方經濟、文化交流空前地頻繁起來。在這一時期，歐洲重新發掘出他們以前擁有的優秀文化中的某些部分，並且，吸收了經由蒙古人傳入的印刷術、火藥和指南針等技術。此後，歐洲在文化的交流、貿易的拓展以及文明的進步等方面，很快就產生出一種空前的上升態勢。法國史學家萊彌薩說：「此交通乃將中古之黑雲，一掃而淨。屠殺之禍雖慘，殊可以警奮數世紀來衰頹之人心，而為今日全歐復興之代價也」。[2]因此，整個蒙古民族的興衰過程，引起了從學生時代就嚮往西

2　烏蘭：《〈蒙古源流〉研究》（瀋陽市：遼寧民族出版社，2000年），頁35。

域的井上靖的強烈興趣。然後，他深深意識到，整個蒙古民族的興盛
歸根結底是繫之成吉思汗一身的。假如沒有成吉思汗這個英雄的出
現，蒙古、亞洲乃至歐洲的歷史將會重寫。

　　　　有星的天
　　　　旋轉著
　　　　眾百姓反了
　　　　不進自己的臥內
　　　　互相搶掠財物

　　　　有草皮的地
　　　　翻轉著
　　　　全部百姓反了
　　　　不臥自己被兒裡
　　　　互相攻打（韓儒林譯）[3]

　　《蒙古秘史》中的這首詩，真實地再現了十二世紀成吉思汗出生
之前，蒙古草原上各部落間的掠奪和復仇戰爭造成的社會動亂。十三
世紀的波斯歷史學家志費尼說：「在成吉思汗出現以前，他們沒有首
領或君長。每一個或兩個部落分散地居住著，他們不互相聯合，他們
之間進行著不間斷的戰爭和敵對行動。其中有的人把搶掠和暴行，不
道德和放蕩視為英勇和美德的行為。金朝皇帝也經常強索或掠取他們
的財富。」[4]蒙古廣大部民處在這種無休止的戰爭中，災難不斷，死

3　韓儒林：《穹廬集——元史及西北民族史研究》（上海市：上海人民出版社，1982年），
　　頁162。
4　〔波斯〕志費尼撰，何高濟譯：《世界征服者傳》（呼和浩特市：內蒙古人民出版社，
　　1981年），頁21。

亡頻頻。誰能統一部落制止掠奪和殘殺，誰就會受到部落民眾的擁戴和尊重，就會推動歷史向前發展。成吉思汗就是完成這一偉大歷史任務的英雄人物。連拿破崙都自歎弗如道：「我的一生不及成吉思汗偉大」。

三　破解鐵木真出身之謎

在《我的文學軌跡》中，談及歷史小說創作這個話題時，井上靖這樣說道：「在《蒼狼》的創作過程中，我有一種強烈的欲望，我要寫出我所理解的成吉思汗。我沒能搜集到所有的資料，當然，也不可能找到所有的資料，也沒有那個必要。但我要將成吉思汗這個世界征服者置身於興盛發展的民族洪流中去寫。」[5]於是，井上靖決定以成吉思汗為中心人物來描寫蒙古民族的興盛史，他說：「我寫成吉思汗，並不想把它寫成建立橫跨歐亞帝國的英雄故事，也不想把它寫成一部史無前例的殘酷侵略者的遠征史。寫成吉思汗的一生，雖然需要涉及到這些方面，但是，我最想探尋的，就是成吉思汗那無窮無盡，不知疲倦的征服欲望是從何而來的？這是一個難解之謎。」[6]又說：「之所以萌生想寫某一歷史人物的欲望，對我來說，主要是對這個歷史人物有感到疑惑不解的地方。如果我對某個歷史人物完全不理解，那麼我就認為自己和他無緣，一開始也不會萌生寫這個人物的欲望；相反，如果非常瞭解某個歷史人物，那就更不會有寫這個人物的念頭。我之所以想寫成吉思汗的一生，是因為我對這個人物有一點理解，但卻又有難以理解的地方。那就是他強烈的征服欲的根源是什

5　〔日〕井上靖：《わが文学の軌跡》（東京：中央公論社，1977年），頁161。

6　〔日〕井上靖：《蒼き狼》，《井上靖歷史小説集》（東京：岩波書店，1981年），頁366。

麼？這是一個秘密。」[7]井上靖要進一步解釋的這個「難以理解的地方」是指所要寫的「人物的行為」。[8]

《蒼狼》既是成吉思汗的傳記小說，也是以成吉思汗為主體的一部蒙古民族的崛起史，從文學作品的角度而言，也是成吉思汗精神世界和他「無窮無盡，不知疲倦的征服欲」的心理世界的探險史。井上靖在描寫成吉思汗的數次征服戰爭過程的同時，也十分注意表現其產生征服欲望的心理「秘密」，那就是他的「出身之謎」。

實際上，八百多年來，蒙古民族及歷代史學們不曾懷疑過成吉思汗的孛兒只斤氏族出身。在歷史上，成吉思汗的出生年份確存在爭議，一種說法是一一五五年，另一種說法是一一六二年，我國學者採用的是一一六二年這種說法。事實上，出身遭到質疑的人只是成吉思汗的長子術赤。在術赤出生之前，母親孛兒帖曾經被蔑兒乞惕部落搶走，並在那裡生活數月之久。成吉思汗生平發動的第一場戰爭就是向蔑兒乞惕部落復仇，奪回妻子孛兒帖。被奪回的孛兒帖不久便產下一男嬰，成吉思汗為其取名「術赤」。「術赤」一詞在蒙語中有「不速之客」、「客人」之意。因此，關於術赤的出身，蒙古貴族及學者一直爭論不休。甚至可以說，蒙古黃金家族很快走向分崩離析與術赤的出身不明有關。井上靖在探求成吉思汗的「強烈的征服欲的根源」時，將這一歷史之謎與有關蒙古祖先由來的「狼神話」，以及成吉思汗的母親也是「搶婚」得來的女人這一史實結合到一起，虛構出「狼原理」這一後來在日本文學界引起歷史小說創作論爭的故事情節。在《蒼狼》中，成吉思汗是在其母從蔑兒乞惕部落被搶回後不久出生的，這使得他對自己的蒙古黃金家族血統產生了懷疑。流傳於蒙古部落的狼的傳說，使他相信只有通過不斷的征服，把自己變成狼，當上蒙古的

7　〔日〕井上靖：《蒼き狼》，《井上靖歷史小説集》（東京：岩波書店，1981年），頁31。

8　〔日〕井上靖：《わが文学の軌跡》（東京：中央公論社，1977年），頁164。

可汗，才能證明自己蒙古黃金家族的血統。所以，他不斷地發動戰
爭，通過戰爭證實自己是狼的後代。作者在《蒼狼》中依據傳說的想
像虛構人物的心理，力圖還原英雄人物的內心世界。井上靖筆下的成
吉思汗，不再只是一個攻無不克的英雄符號，而是一個在馬嘶號鳴中
充滿著複雜情感和自身矛盾的人物個體。而有關成吉思汗「出身之
謎」的虛構，正體現了井上靖歷史小說的創作理念，從而增強了《蒼
狼》作為歷史小說的可讀性。二〇〇七年三月三日，在全球三十多個
國家和地區同步上映的電影《蒼狼——直到天涯海角》，故事情節也
多取材於井上靖的小說《蒼狼》。影片從另一個側面，展現了作者以
東方人或東方民族特有的情感看待成吉思汗這位歷史人物的特殊視角。
同時，井上靖在作品中還充分表現了蒙古民族的「蒼狼」性格——群體
性、殘酷性、堅忍性和擴張性，成吉思汗就是在這樣的群體中生活和成
長的英雄。對此，國內學者評論說「日本作家井上靖在長篇小說《蒼
狼》中，對成吉思汗的這種惡狼一樣殘忍和野蠻，有生動的敘寫和尖銳
的批判。」[9]但實際上，井上靖並沒有加以道德上的、乃至文明論的評
判，井上靖是用感歎的、審美的目光來審視成吉思汗及蒙古民族的這些
性格特徵並加以詩意化的。

第二節　圍繞《蒼狼》文學屬性的一場論爭

一　草原史詩《蒼狼》

　　《蒼狼》既可以說是成吉思汗的傳記小說，也可以說是以成吉思
汗為主體的整個蒙古民族的興盛史。井上靖在充分佔有史料的基礎

9　李建軍：《是珍珠，還是豌豆？——評〈狼圖騰〉》，載《文藝爭鳴》2005年第2期，
　　頁62。

上,運用豐富的想像力,對成吉思汗這一人物形象進行了藝術虛構。「狼原理」是井上靖根據蒙古民族古老傳說,藝術虛構出的《蒼狼》中成吉思汗不斷發動對外戰爭的心理根源。利用傳說來豐富情節和人物,是歷史小說藝術虛構的一種方式。傳說是歷史上眾人口耳輾轉相傳的故事,本身就有某種程度的虛構成分,而且往往帶有較多的傳奇色彩。在歷史小說創作中,如果有選擇地採用並進一步加工,可以豐富作品的故事內容,塑造浪漫主義色彩的人物形象,增強小說的藝術感染力。

　　「狼原理」產生的另一個因素是成吉思汗的「出身之謎」。井上靖根據史書上成吉思汗出生年份不一,其母也是「搶婚」得來的女人等極其簡單的記載,沿著事件和人物性格展開合理想像,構思出當時歷史條件下可能發生的故事情節。這也是一般歷史小說的虛構方法,順應史料的導引進行虛構和發揮,創造的形象不僅使史書中的人物具體化與具象化,更使人物得以擴充和放大。這種虛構方式也正是歷史小說區別於「史實」的地方。文學創作本身就是虛構,沒有虛構就沒有文學創作,就沒有小說藝術。史料上的歷史記載都很簡單,小說家通過藝術虛構將這些簡單的記載變為栩栩如生、情節曲折、給讀者留下深刻印象的小說。這個藝術虛構的過程就是小說創作的過程。一部歷史小說的藝術魅力來自於虛構,而並非「史實」的鋪設。史實本身是無所謂藝術性的。

　　除借助合理想像進行藝術虛構外,創造藝術真實另一種方法是借助於對人物的心理描寫。歷史已經過去,人物早已久遠,人物的心理活動由何得知?歷史小說創作如果僅僅停留在描寫人物的對話和行動,那只是人物的外在表現。人物的精神世界是需要通過心理活動的描寫才能揭示出來的。如果能準確地把握人物的性格和氣質,仍然能夠真實地寫出人物的心理活動。歷史小說家唐浩明說:「深入到歷史人物的內心世界,努力做到與之心靈相通,是歷史小說中文學形象塑

造的成功關鍵。」[10]史書上記載的往往是歷史人物的成功業績，或成功後的輝煌，或失敗後的淒涼。而「輝煌」或「淒涼」背後的心血和奮鬥等，傳統史書上往往所不見記載。然而，這些罕見於史冊的記載恰恰正是歷史人物成功或失敗的根本，也是其精神和靈魂的所在。一個歷史小說家，只有深入筆下人物的精神世界、並與之心靈相通，所寫出的人物才能形神兼備。這種功夫的培養，既需要作家廣泛地涉獵當時及後世的各種私文書、野史逸聞等，又需要作家對筆下人物進行細緻入微的心理探究。

井上靖的文學創作受到了中國古典文學的影響，也受到了西方文學的浸潤。小說形式由故事形態轉為生活形態，並有較多的心理描寫，使歷史小說脫離了古典主義的故事化與類型化，匯入了現代現實主義的藝術潮流。在作品《蒼狼》中，井上靖運用現代心理分析手段，以心理學家的身份深入到成吉思汗的內心世界，探尋其「為什麼這樣做」的原因以及生命活動的內在動力。「一個傳記藝術家的成就，在很大程度上將取決於：他是否能夠在表現出年代的範圍和歲月的跨度的同時，又能夠著重突出表現一個人的外貌和內心的主要行為型式」。[11]一部成功的傳記，不僅要展現人的生命過程，更重要的是要揭示出這個過程的內動力。黑格爾說過：「藝術美的職責就在於它須把生命的現象，特別是把心靈的生氣灌注現象，按照他的自由性、表現於外在事物。」[12]人內心裡有一種活生生的東西在躁動、在激蕩、在衝突，需要表現出來，這就是生命、生命力，人與自然的矛盾、人與社會的矛盾、人的自我矛盾、人與人之間的矛盾，首先在人的心靈上引起震盪，人的心靈活動乃是一個人生命活動的動力和基礎。一部傳記，不是講述個人的歷史，而是通過一個人物反映一個時代的變

---

10 唐浩明：《歷史人物的文學形象塑造》，載《文學評論》1995年第10期，頁42。

11 《大不列顛百科全書》（北京市：中國大百科全書出版社，1999年），頁2-467。

12 黑格爾：《美學》（北京市：商務印書館，1979年），卷1，頁198。

遷。從這一點來看，《蒼狼》就是一部成功的傳記小說，它不僅表現了成吉思汗個人的精神世界，更反映了整個蒙古民族興盛發展的全貌，以及十三世紀人口最稠密地區的社會發展狀況。《蒼狼》中成吉思汗對「狼原理」的不斷求證，是作者對成吉思汗內心世界不斷探尋的一種表現方式。通過對成吉思汗生命活動的內在動力的不斷探究，成功地描繪出成吉思汗的精神世界，使成吉思汗的藝術形象達到了「形神兼備」的藝術水準。

歷史小說家唐浩明（1946-）認為「衡情推理，彌補史料之不足，可使藝術真實超越信史。」[13]並說道：

> 研究歷史，固然要從史實出發，這是毫無疑義的。但是，流傳下來的史料與豐富多彩的歷史本身相較，實在是一毛與九牛之比。因此，在嚴肅認真的研究基礎上，做一些衡情推理的考求，或許能彌補史料之不足。……通過衡情推理的功夫，創造出的有著藝術真實的歷史人物的文學形象，它甚至可能超越歷史的真實，而這，正是作家對人類社會的貢獻。[14]

唐浩明以自己創作的作品《曠代逸才》為例，深入探討自己的歷史小說創作觀：

> 一九一五年時的袁世凱身為中華民國正式大總統，他手裡握有強大的北洋軍隊，剛剛鎮壓了國民黨的二次革命，又通過了任期十年、可連選連任、可提名候選人的總統選舉法。這個總統選舉法，既保證了袁世凱終身總統的位置，又賦予他至高無上

---

13 唐浩明：《歷史人物的文學形象塑造》，《文學評論》1995年第10期，頁43。
14 唐浩明：《歷史人物的文學形象塑造》，《文學評論》1995年第10期，頁43。

的權利。他實際上已是一個不折不扣的皇帝了。為什麼袁世凱還要復辟帝制呢？難道說，「皇帝」的稱號比起「總統」的稱號來，就真的有這樣大的魅力，以至於使得他情願去背棄自己昭於世界的諾言，冒天下之大不韙嗎？關於這個疑問，現存的史書中並沒有明確的答案。

在綜合分析許多史料的基礎上，通過自己的衡情推理，我認為在袁世凱自為的逆流中，真正的主角不是袁世凱本人，而是長子袁克定。這個懷著宰割中國的野心而又不具備相應能力的袁大公子，正是需要把共和制復辟為君主制，把「總統」退回到「皇帝」，才可以由太子進而登基稱帝。否則，按共和制的憲法，在政治和軍事兩個領域裡都沒有根基、派系的袁大公子，將永遠不可能被推舉到至尊的地位上。所以他要竭力慫恿、甚至採取欺騙的手法，千方百計地要他的父親做皇帝，有著極重私心，又習慣於舊秩序的袁世凱自然樂意接受各方擁戴。這樣，便造成了歷史上的洪憲帝制怪胎。我的這種思索，也不能拿確鑿的史料予以證實，只能算是一個推測。我自認為這個推測是可以成立的。我按自己的想法去描述那段歷史，去塑造袁氏父子的文學形象。[15]

唐浩明關於「復辟帝制」的推測與井上靖的「狼原理」有著異曲同工之處。「狼原理」是在深入研究多方面史料的基礎上，通過對成吉思汗擴張戰爭的史實進行衡情推理而描寫出的情節。成吉思汗統一蒙古部落是為了實現世代蒙古人的夢想，南征金國是為先祖俺巴孩汗復仇。但在完成統一、復仇大業之後，為什麼還不斷遠征西夏、西遼、花剌子模等西方大國？當時的花剌子模在經濟、文化等各方面遠

---

15 唐浩明：《歷史人物的文學形象塑造》，《文學評論》1995年第10期，頁43。

遠超過蒙古部落。蒙古部落不但落後，而且因連年征戰，人力、財力都十分匱乏。如果說西征花剌子模是為了擺脫貧窮，也不足為信。實際上，南征金國後，金國歲歲朝貢的金銀珠寶足以使蒙古部落富足起來。為西征花剌子模這一大業，成吉思汗動員了十六歲到七十歲的所有蒙古男子。這一舉措如果失敗，則意味著成吉思汗奮鬥一生的事業將付之一炬。然而，成吉思汗在征服富庶、發達的花剌子模後，仍然不斷擴張，又先後到達印度、裏海、俄羅斯等地。那麼這又是一種什麼力量呢？

在作品中，井上靖賦予成吉思汗以「出身之謎」的懸念，「出身之謎」使成吉思汗對自己的血統產生懷疑，但流傳於蒙古部落的狼的傳說使他相信只有通過不斷的戰爭征服，將自己變成狼，當上蒙古的可汗才可以證明自己的蒙古黃金家族的血統。成吉思汗對懷有同樣出身之謎的長子術赤說的第一句話就是：「我能變成狼，你將來也必須變成狼！」[16]在其後的蒙古部落對外擴張戰爭中，成吉思汗就以這個「狼原理」要求自己和術赤，術赤立下卓越戰功之時，也正是成吉思汗最興奮的時候。「自己對術赤的情感，究竟是愛，還是恨？連成吉思汗自己也弄不清楚。成吉思汗對術赤有時是愛，有時是恨。愛和恨在不同的場合表現出不同的內容和形式。但有時混合在一起，表現出極為複雜的情感。」[17]這裡所說的「複雜的情感」當然也包含成吉思汗對術赤出身之謎的疑惑，所以只有「賜給」他「連續不斷地充滿著苦難的命令」[18]，讓他「一次再一次地去完成那些責無旁貸的使

16　〔日〕井上靖：《蒼き狼》，《井上靖歷史小說集》（東京：岩波書店，1981年），卷4，頁103。

17　〔日〕井上靖：《蒼き狼》，《井上靖歷史小說集》（東京：岩波書店，1981年），卷4，頁240。

18　〔日〕井上靖：《蒼き狼》，《井上靖歷史小說集》（東京：岩波書店，1981年），卷4，頁239。

命」。[19]通過不斷的戰爭征服證明自己是狼的後代，是蒙古黃金家族的繼承者。後來，當年邁的成吉思汗得知術赤病逝於欽察草原時，才明白自己原來比誰都愛術赤，愛這個和自己有著同樣命運的兒子。術赤和自己一樣，在用畢生的功業去證實自己是不折不扣的真正的蒙古狼的後裔。

　　井上靖在小說中試圖通過成吉思汗與長子術赤兩代人對「狼原理」的追求，揭示成吉思汗不斷發動擴張戰爭的內在動力和「無窮無盡，不知疲倦的征服欲」的心理世界。有位評論家說過，寫一篇近萬字的歷史小說評論，需要讀三十萬字的歷史小說，三百萬字的歷史資料。寫歷史小說評論固然難，但要寫一部不被誤讀的歷史小說更難。尤其是蒙元史直接史料太少，很多方面無法深入，不少專業人士都望而卻步。因此，可以說井上靖的《蒼狼》是歷史題材領域的一次成功的挑戰，「出身之謎」即「狼原理」的虛構，是作者對依靠文獻無法解決的成吉思汗「無窮無盡，不知疲倦的征服欲」的疑問做出的衡情推理，也是《蒼狼》與其他成吉思汗傳記小說的不同之處和小說取得成功的最重要部分。

二　歷史小說《蒼狼》

　　樂黛雲教授在論及全球化語境下的多元文化發展時說：「任何偉大的藝術作品總是體現著人類經驗的某些共同方面而使欣賞者產生共鳴，同時又是作者本人的個人經驗、個人想像與個人言說。偉大作品在被創造時，總是從自身文化出發，築起自身的文化壁壘，在被欣賞時，又因人們對共同經驗的感知而撤除了不同文化之間的隔閡」。

19　〔日〕井上靖：《蒼き狼》，《井上靖歷史小説集》（東京：岩波書店，1981年），卷4，頁239。

　　歷史小說創作困擾作家的一個問題就是如何處理好歷史真實與藝術真實的統一。因為，讀者的期待視野儘管不一，但對小說「歷史」意味的理解與感悟卻是共通的。文學是一個具有自身規則的話語系統，按照結構主義文學批評的觀點，語言形式本身就包含著特定的意義。為了達到這種統一，作家從文學的審美本性出發，用歷史唯物主義態度和時代精神觀照歷史。在不違背大的歷史事實的原則下，以刻畫人物性格為中心，著力表現人物複雜的內心世界和豐富的精神追求，由此決定生活細節的取捨與虛構，人物關係的建立和轉換、故事情節的構思和安排。

　　歷史是真實的、客觀的，而小說是虛構的、主觀的，分離部分遠遠大於相交部分。歷史小說取材於歷史，又憑藉想像虛構為小說。好的歷史小說雖虛構成分居多，卻能有力地展現歷史上的種種人物和時代精神。這種虛與實相融消長的複雜狀況，使歷史小說和歷史之間既有深深的不解之緣，又有明顯的距離感和超越感，從而構成作品各不相同的歷史性和審美要素，蘊含歷史與藝術的辨證關係。如何處理這種關係，是影響作品價值的關鍵性因素。

　　歷史性的核心是歷史的真實性，是作品給予讀者的歷史真實感。歷史小說所反映的歷史真實具有顯著的「似是而非」特性。融入大量想像和虛構的歷史人物和事件只能「似」歷史，不可能「是」歷史，它們是具有很大虛擬性的小說意象，並非歷史人物和事件的真實寫照，這就是歷史小說的似史性。關於歷史小說，胡適就說過這樣的話：「最好是能於歷史事實之外，造成一些似歷史而非歷史的事實，寫到結果卻又不違背歷史的事實」。「事實」就是人的作為、言論、生活狀況，屬於人的形跡，即所謂「形」。這種「似歷史而非歷史」的「形」是歷史小說似史真實的重要部分。以「形」顯示似史的人物情操和時代精神──「神」，才能構成以形寫神的擬實小說藝術。大量的虛構使作品的具體內容和思想精神一併具有似史的真實，也正是

這種似史的意象特徵使創作超越空間，進而構築起既像歷史又超越歷史的小說意象，展示出種種富於美感的歷史人物和歷史精神。

由於作品的大量內容和生活畫面都出自想像和虛構，要使意象具有較強的似史真實感，就要注重運用史料和熟悉歷史知識，深入研究歷史的特定人物和事件，認識其本質意蘊，為想像與虛構引路照明，使其順應歷史方向，創造出似史與超越統一的藝術境界。井上靖在小說創作過程中始終貫徹這一創作理念。他在創作小說《蒼狼》前搜集、研究史料，創作中反復深入歷史，又跳出歷史，用現代小說形態確切而藝術地表現歷史，從而營造出了似史與超越相統一的藝術境界。

一九五九年，《蒼狼》發表後獲年度文藝春秋讀者獎，並名列每週暢銷書榜首。評論家認為這部「規模宏大的歷史小說」是「井上靖文學的轉折點」，是一部「現代英雄敘事詩」。然而，與井上靖同時期的作家大岡昇平（1909-1988），對井上靖這種歷史小說創作手法提出質疑，批評井上靖對史實「先入之見」，根據創作需要任意取捨史實，發明「狼原理」。認為井上靖的「狼原理」沒有對史實進行詳細的研究，是攝取小說需要的部分史實而發明出來的。他甚至認為井上靖「將歷史浪漫化、傳奇化並加入虛構」而創作的《蒼狼》既不是歷史小說，也不是敘事詩，只是頗為奇觀的杜撰。對此，井上靖反駁道：「不能將史實等同於歷史小說。歷史小說只要是小說，就不能不在歷史事實之間加入作者的解釋。且《蒙古秘史》不是正史記，而是敘事詩，沒有理由原原本本照模。」[20]並以《平家物語》描寫的故事及人物源清盛為例說明「沒有理由一定要忠實描寫戰鬥的場面，特別是其中的對話部分」。井上靖進一步解釋說，如果沒有「狼原理」，自己就不會創作這部小說，也正是這一點才使歷史小說成為小說。

這場關於歷史小說創作手法的爭論，是在日本特定的歷史文化背

---

20 〔日〕井上靖：《自作〈蒼狼〉──大岡氏の〈常識的文学論〉を読んで》，白井吉見監修：《戰後文學論爭》（東京：番町書房，1977年），頁433。

景下展開的。如前所述，一九五〇年代，正是日本戰後經濟復蘇期，在日本文壇上，則是「第一次戰後派」走向衰落，大眾文學與「中間小說」取而代之成為日本文學主流的時期。當時一部分文學批評家認為，容忍大眾文學、「中間小說」成為文壇主流，就是對長期以來形成的日本傳統文學理念的踐踏。所以，極力呼籲保持文學的純潔性。其中，大岡昇平以《群像》的「文學常識論」專欄為陣地主張文學貴族論，認為應保持某種古典主義文學觀，用純文學抵禦歷史性概念或既定的現實主義洪流的衝擊。而獲得日本文學界一致稱讚的《蒼狼》的發表，正好成為大岡昇平強調其自身文學主張而進行攻擊的最佳目標。

大岡昇平在《〈蒼狼〉是歷史小說嗎》一文中提出了兩個主要論點：一、《蒼狼》中對成吉思汗的描寫過於浪漫化，故不能稱之為敘事詩。作品中對史實部分的運用實屬對《蒙古秘史》的「篡改」或「改寫」，因此，亦不能稱之為歷史小說。二、《蒼狼》的創作主題是井上靖篡改歷史事實而發明的「狼原理」。小說中成吉思汗統一蒙古部落、征服西方大國，建立君主集權國家都可以追溯到「狼原理」這一心理根源上。對其他人物和戰爭場面的描寫，業已淪落為「家庭情景劇」或「美國豪華大片」的創作手法。

對此，井上靖在《〈蒼狼〉的周圍》一文中回應說：「狼原理」來源於蒙古部落的傳說，而正是這個傳說才使自己萌生創作的欲念。如果這個設定妨礙《蒼狼》成為歷史小說，那麼歷史也就失去小說化的可能。再者，「尊重史實」與「偏離史實」兩種觀念，在小說創作過程中一直強烈地鬥爭著，並時常告誡自己不能任意取捨歷史，避免「改寫」歷史。而且「我在《蒼狼》中，並沒有以任何形式改寫歷史」。

歷史小說不是史學意義上的講史，而是講述歷史的文學。如何把握史實的可信性與文學的虛構性之間的關係，如何在歷史真實的基點

上完成文學的虛構，如何把握歷史小說的審美特徵，在創作中尋求歷史與文學的有機融合，也是井上靖在歷史小說創作過程中一直思考的問題。

在井上靖與大岡昇平論爭的同時，評論家山本健吉在《讀賣新聞》上發表《歷史與小說》一文，表明了自己的觀點。大岡昇平立即做出回應，在《群像》三月號發表《〈蒼狼〉是敘事詩嗎》一文，使得「狼原理」論爭更加激烈。山本健吉雖然贊同大岡昇平認為井上靖描繪的人物形象過於浪漫化的觀點，但卻認為如果用現實主義手法描寫成吉思汗，《蒼狼》就難以成為敘事詩，而非「史實」部分恰恰使其成為敘事詩。與古希臘長篇敘事詩《伊利亞特》一樣，井上靖在《蒼狼》中也試圖去描寫人類的虛無行為，並認為「正是這對於現代人來說不可能實現的夢想的具象化，才保持了小說的現代性。」[21]大岡昇平並不認同山本健吉對敘事詩的解釋，認為《伊利亞特》打動人心的地方並不是對「純粹行為」的描寫，而植根於「人類的真實行動」才是「敘事詩的真實」。山本健吉立即予以反擊，在《再論「歷史與小說」》中補充說，《蒼狼》體現了現代作家選擇敘事詩的形式表現「沉積於現代人內心深處的行動意識」，即使是「虛無的行為」，也「存在於缺乏行動性的現代人的潛在意識中」。其後，大岡昇平在《國語問題》一文中主張停止爭論，認為自己與山本健吉對「敘事詩」概念的理解完全不同，並以十九世紀以來歐美文學的歷史為佐證，認為「現代敘事詩是在十九世紀以來的現實主義文學觀的基礎上發展起來的，對『行動的憧憬』在司湯達或紀德的作品中，根本找不到蹤影。」[22]

---

21 〔日〕山本健吉：《歷史と小說》，臼井吉見監修：《戰後文学論爭》（東京：番町書房，1977年），頁455。

22 〔日〕大岡昇平：《国語問題のために》，臼井吉見監修：《戰後文学論爭》（東京：番町書房，1977年），頁462。

至此，關於「狼原理」的論爭隨著大岡昇平的「停戰聲明」而宣告終止，但對「歷史小說」、「敘事詩」的概念及深層內涵的理解的論爭卻沒有結束。這是一個在世界各國文學領域永無止境，值得反復論爭、深入探討的課題。

三　何謂歷史小說？

在日本歷史小說創作初期，作家菊池寬（1888-1948）認為歷史小說就是「以歷史上有名的事件或人物為題材」[23]的小說。戰後，大眾文學、「中間小說」的異軍突起，各種文學現象的出現，要求文學批評家對歷史小說做出新的界定。南條範夫（1908-2004）在《史實與小說》一文中，根據歷史小說的特點進行了分類：

1. 尊重史實的具有客觀性的小說。
2. 根據固有觀念對史實進行價值判斷的小說。
3. 借用史實表達作者所要表現的主題的小說。
4. 作者對歷史上無明確記載的事件進行主觀創作的小說。
5. 不拘泥於史料，充分發揮作者想像力的小說。

南條範夫進一步解釋說這種分類雖是順應「讀者的要求」，但很難做到截然分清，一部作品中常常存在著一種或多種因素。對此，大岡昇平說：「在評價一部歷史小說之前，需要分清其所屬種類。如果說是尊重史實的歷史小說，而其中又有作者更改歷史的主觀成分，就難免遭到質疑。」[24]由此可見，日本歷史小說的界定，已從「狹義的歷史小說」擴展到「廣義的歷史小說」。歷史小說家的創作手法也已由原來的嚴格遵照「尊重史實、偏離史實、尊重史實與主題自由發揮

23　〔日〕菊池寬：《歷史小說論》，載《文學創作講座》（上海市：上海光華書局，1931年），卷1。

24　〔日〕白井吉見監修：《戰後文學論爭》（東京：番町書房，1977年），頁471。

並存」這三種類型，演變到「不拘泥於史料，充分發揮作者自由奔放的想像力」。在中國題材歷史小說創作方面，這種表現更為明顯，當然，也受到評論界的質疑。日本評論家稻田耕一郎對新生代中國題材歷史小說家做過這樣的評論：「近年來，隨著各界對中國越來越強烈的關心，以中國歷史為題材從事寫作的作家也增多了。但我所看到的作品大都出於杜撰，情況令人吃驚。」[25]

　　「歷史文學」在中國和日本的情況是一樣的，它並非傳統文類，而是在近代西方文學影響下產生的文學概念。二十世紀初，中國文壇始有「歷史小說」一詞。對於歷史小說的界定中國學界也一向眾說紛紜。與菊池寬同時代的郁達夫（1896-1945）對歷史小說的表述是：「現在所說的歷史小說，是指由我們一般所承認的歷史中取出題材來，以歷史上著名的事件和人物為骨幹，再配以歷史背景的一類小說而言。」[26]目前，中國學界公認的歷史小說的內涵是「以真實歷史人事為骨幹題材的擬實小說」。「真實歷史人事」，自然不包括描寫古代小說中的虛擬人事的再生小說；形態限於「擬實」，就排除了古代與現代、後現代的種種虛幻表義之作。同日本文壇一樣，近些年來，中國歷史小說包含的範圍也越來越廣泛。尤其是「新歷史小說」的出現不斷衝擊著傳統歷史小說的創作，在「新歷史小說」中，想像的成分遠遠超出了史料，史料的意義僅僅體現為歷史的敘事——歷史話語。這一點，在中國和日本學界是相同的。

　　實際上，大岡昇平認為的歷史小說，是將史家的文字記載重新復活為實際的歷史、實際的生活史和精神史；而井上靖則是將實際存在的歷史、實際的生活史和精神史藝術地變成小說。

---

25 轉引自王向遠：《源頭活水——日本當代歷史小說與中國歷史文化》（銀川市：寧夏人民出版社，2006年），頁226。

26 郁達夫：《歷史小說論》，載《郁達夫文集》（北京市：三聯出版社，1982年），卷5，頁283。

　　大岡昇平所說的「實際的歷史」是歷史學研究的任務，原本就不是歷史小說的創作目標。向歷史小說尋求真實歷史，雖然還不至於緣木求魚，但無論如何還是找錯了對象。歷史小說的創作與歷史研究自然是有區別的，即便是歷史學家也早已放棄了那種一廂情願式的天真信念，以為總有一天他們可以做到絕對客觀地去「復原」歷史。他們所孜孜以求的「真實歷史」，不僅處處顯現出從史料中「榨取」出來的五花八門的「真實細節」，同時也總是內在地包含著研究者自身在追憶過去時必不可免地摻入其間的主觀的「想像」成分。「真實細節」再多再全，它們的總和也不可能自行構成所謂的真實歷史。同時，創造性的想像力對歷史研究也是必不可少的，以至於被其批評者指責為把歷史出賣給「社會科學祭壇」的年鑒學派泰斗布洛克都主張，必須在歷史學科中保留詩的成分，保留住「能讓人驚異臉紅的那份精神」。

　　歷史學領域內的想像必須最充分地接受資料的核證與檢驗。在從古至今不計其數的潛在歷史可能性或曰偶然性之中，只有最終演化為歷史現實的那小小一族才有資格受到歷史學的青睞。遵循著「有一分材料說一分話」的嚴厲約束。歷史學的想像不允許生造沒有資料依據的人物、對話、情節和事件，甚至也不允許在現存資料所提及的內容之外，再去添油加醋，為它們虛構種種情節。

　　與這種最受拘束的「受控想像」不同，歷史小說的創作卻與其他類型的文學創作相類似。它可以擁有大得多的自由想像空間，可以在不被「證偽」的範圍裡，在未與現有資料相抵牾的前提下從事創作。「其文直，其事核，不虛義，不隱惡」。對史家固然難能可貴，但對歷史小說家就顯得過於簡單化。因為，如果只承認了歷史的客觀實在性，而忽視甚至否認作家創作時的主觀能動性（即作家在藝術原則的指導下對資料的甄別、分析、提高過程），那麼，歷史小說只能是歷史的翻版，作家的思想就會湮沒在浩繁的史料之中。對此，克羅齊

（1866-1952）說過：「只有對現實生活產生興趣才能進而促使人們去研究以往的事實，所以這個以往的事實不是符合以往的興趣，而是符合當時的興趣，假如它與現實生活的興趣結合在一起的話」。從這個意義上，克羅齊做出了「一切歷史都是當代史」的論斷。《蒼狼》的思想文化內涵不僅表現在作者如何真實地再現了歷史的真實，更主要的是它通過作者的創作過程，在寫作中注入了作者對成吉思汗個人以及整個蒙古民族歷史的認識和反思。

亞里士多德（前384-前322）在《詩學》第九章中有這樣一段名言：「顯而易見，詩人的職責不在於描寫已發生的事，而在於描寫可能發生的事，即按照可然律或必然律可能發生的事，歷史家與詩人的差別不在於一用散文，一用『韻文』；希羅多德的著作可以改寫為韻文，但仍是一種歷史，有沒有韻律都是一樣；兩者的差別在於一個是敘述已發生的事，一個是描述可能發生的事。因此，寫詩這種活動比寫歷史更富於哲學意味，更被嚴肅的對待；因為詩所描述的事帶有普遍性，歷史則敘述個別的事。」[27]亞裡斯多德甚至主張：「為了獲得詩的效果，一樁不可能發生而可能成為可信的事，比一樁可能發生而不能成為可信的事更為可取。」[28]宙克西斯（Zeuxis）所畫的人物或許不可能存在，但藝術作品理應比生活原型更美。亞里士多德的「詩」指一切文藝創作，小說創作自然也在其內。歷史小說既然指以歷史為題材的小說，也就仍然是小說，而不是歷史。作家寫歷史小說，實際上仍在「敘述可能發生的事」。在作品《蒼狼》中，井上靖為成功塑造成吉思汗這一歷史人物的文學形象，借用蒙古部落的古老傳說，虛構「狼原理」這「一樁不可能發生但可信的事」，來探尋成吉思汗「無窮無盡，不知疲倦的征服欲」的心理世界。正如吉林大學楊冬教授所說「藝術摹仿不單純是對現實作如實地摹寫，而是意味著對自然

---

27 亞里士多德：《詩學》，《詩學‧詩藝》（北京市：人民文學出版社，1982年），頁28。
28 亞里士多德：《詩學》，《詩學‧詩藝》（北京市：人民文學出版社，1982年），頁101。

的篩選和改造，同時也意味著藝術的想像和理想化。」[29]這也正是井上靖將實際存在的歷史藝術地變成小說的根本所在。

到目前為止，日本文學界認為井上靖在《蒼狼》的創作中，擺脫史書的限制，在小說中樹立了兩個新的主題：一個是「狼原理」，另一個是主人公成吉思汗對女性的極端不信任。《蒼狼》發表伊始，河盛好藏就撰文對兩個主題的妥當性提出質疑，爾後爆發了那場著名的「狼原理」論爭。筆者認為，這兩個主題實際上是同一個問題，第二個主題實際上是第一個主題的發展和演變。

如前所述，蒙古部落有關於狼的傳說，說蒙古民族的祖先——蒼色如黑夜的狼和慘白如白晝的鹿肩負著上天的使命，共同渡過西方遼闊美麗的湖畔來到不兒罕山，在這裡繁衍了蒙古民族的子子孫孫。成吉思汗一方面認為只有不斷對外擴張才能證實自己是蒙古狼的後代；另一方面也想通過傳說中「蒼色如黑夜的狼」的伴侶「慘白如白晝的鹿」，來證明自己狼的身份，並在祖先繁衍生息的不兒罕山繼續祖先的使命。而這「慘白如白晝的鹿」，在成吉思汗看來必須是純潔的。關於這一點，大岡昇平曾提出質疑，認為古老的蒙古民族是沒有貞操觀念的。實際上並非如此，在以男性為主體的古老的蒙古游牧部落之所以盛行「搶婚」習俗，原因是多方面的。當時，部落與部落之間經常為爭奪某一生存空間或某一獵獲物而發生戰爭，所獲俘虜男性全部殺害，女性或為僕，或為妻。後來演變為以掠奪對方婦女為目的的戰爭，以至成為各部落之間習慣性的報復。成吉思汗的母親、妻子都是通過「搶婚」來到蒙古部落的，蒙古部落也因此與其他部落結下了世仇。雖然「搶婚」基於種種因素成為蒙古民族的習俗，但不等於說蒙古民族沒有貞操觀念。

長子術赤的出身之謎，更加深了成吉思汗內心深處從幼年時代就

---

29 楊冬：《西方文學批評史》（長春市：吉林教育出版社，1998年），頁36。

對女人抱有的一貫看法。他承認女人的美麗、愛情和忠誠，但絕不相信這些東西是一成不變的，「任何有價值的東西，只要被女人所擁有，都是不安定的」。[30]妻子孛兒帖也罷，母親訶額侖也罷，她們既能夠生育具有蒙古血統的狼，又能夠生養蔑兒乞惕、塔塔兒人的後代。成吉思汗完全相信部下對自己的忠誠，但「對女人卻不能給予同樣的信任。因為，她們沒有讓人信任的基礎。女人的美麗、愛情、忠誠，只有在她成為自己的人的時候，才屬於自己。被征服民族的男人，只要你把他征服了，他就能成為你永遠不變的忠實部下。然而，女人卻不一樣，是令人棘手的。除非在床上你將她緊緊地抱住，並且把她的一切都據為己有，否則她就不是你的」。[31]每次戰爭勝利後，每當成吉思汗看到許多女人像串起來的珠子一樣被押著走，心頭就產生一種難以名狀的兇暴心情。自己的母親、妻子過去不也曾這樣被押著走過嗎？於是，成吉思汗總是從中挑選出稱心如意的女人拉到自己的帳殿之內。但是，他沒有遇見一個女人為了保衛自己的貞操而試圖抵抗。她們任憑成吉思汗為所欲為，而從沒有人表現出痛苦和悲哀的神情。對成吉思汗來說，這是不可思議的。在戰爭中，男人們不惜犧牲自己的生命。但如果戰敗了，女人們毫無例外地欣然去順從敵方的男人，包括自己的母親、妻子在內。因此，成吉思汗認為人生最得意之事就是「戰爭勝利後，把敵人的女人放在床上，當做褥子躺上去。讓她們都懷上蒙古人的孩子，生出蒙古人的後代」。[32]

　　然而，與其說成吉思汗對母親和妻子曾被敵人奪走，失去操守而

---

30 〔日〕井上靖：《蒼き狼》，《井上靖歴史小説集》（東京：岩波書店，1981年），卷4，頁103。

31 〔日〕井上靖：《蒼き狼》，《井上靖歴史小説集》（東京：岩波書店，1981年），卷4，頁104。

32 〔日〕井上靖：《蒼き狼》，《井上靖歴史小説集》（東京：岩波書店，1981年），卷4，頁166。

耿耿於懷，不如說是她們被奪走後帶來的後果深深困擾了成吉思汗的一生。幼年時，當成吉思汗第一次從同父異母兄弟的口中，得知自己不是父親也速該的兒子時，「儘管他並非深信不疑，但因此受到了沉著的打擊」。[33]此時的「鐵木真多麼想找個人解開埋在心底的疑團！倘若問母親訶額倫，或許能夠立刻把問題搞個水落石出。可是，鐵木真擔心直接問母親關於自己出生的隱私，會再次使母親像自己射死同父異母弟弟時那樣怒不可遏」。[34]就這樣，出身之謎一直困擾著成吉思汗。母親去世後，「成吉思汗似乎得到了迄今為止從未有過的自由」[35]——「再也沒有一個人來監視自己所考慮的事情了。以前，成吉思汗儘量使自己相信自己是蒼狼和鹿的後代。每當這時，總感覺母親訶額倫的存在妨礙著自己的那種想法」。[36]而有著同樣出身之謎的長子術赤的出生，更加重了成吉思汗的這種痛苦。他意識到術赤「將來也象自己一樣，為是否具有蒙古血統而痛苦一生；同樣需要變成狼來證明自己的蒙古血統」。[37]「我能變成狼，你將來也必須變成狼！」[38]這是成吉思汗對術赤說的第一句話，蘊含著肩負同樣命運的父親對兒子的特別情感。

　　所以說，成吉思汗對女性的不信任實際上是「狼原理」的進一步

33　〔日〕井上靖：《蒼き狼》，《井上靖歷史小說集》（東京：岩波書店，1981年），卷4，頁37。

34　〔日〕井上靖：《蒼き狼》，《井上靖歷史小說集》（東京：岩波書店，1981年），卷4，頁43。

35　〔日〕井上靖：《蒼き狼》，《井上靖歷史小說集》（東京：岩波書店，1981年），卷4，頁43。

36　〔日〕井上靖：《蒼き狼》，《井上靖歷史小說集》（東京：岩波書店，1981年），卷4，頁209。

37　〔日〕井上靖：《蒼き狼》，《井上靖歷史小說集》（東京：岩波書店，1981年），卷4，頁102。

38　〔日〕井上靖：《蒼き狼》，《井上靖歷史小說集》（東京：岩波書店，1981年），卷4，頁102。

發展和演變。而且，這種「對女性的不信任」不是「極端的」，而是
相對的。在小說中，成吉思汗除正妻字兒帖之外，對曾多次身陷險境
卻仍堅守貞節的忽蘭產生了真摯的愛情，認為她就是傳說中「慘白如
白晝的鹿」的化身。當成吉思汗看到「在動亂的漩渦中渡過了十天的
女人」[39]，「胸部和後背滿是被毒打之後留下的青紫色的斑斑傷痕」[40]，
相信「她的的確確保住了聖潔的貞操」。[41]因此，「他再一次感到自己
現在比誰都更愛這個女人，也許終生都會始終不渝地愛著她」。[42]在以
後的多次出征中都讓其陪伴左右，而包括正妻字兒帖在內的其他女人
從未得到過如此殊榮。所以說，如果「成吉思汗對女性極端不信任」
這一主題成立的話，就無法解釋成吉思汗對愛妃忽蘭的這段感情。

　　在小說中，對忽蘭所生的兒子闊烈堅的情節處理，實際上也是
「狼原理」的演變。面對具有百年基業的強大金國，成吉思汗做好了
全軍戰死沙場的準備。開戰之前，成吉思汗將自己和愛妃忽蘭所生的
兒子闊烈堅送給了不知姓名的蒙古部落人撫養，「讓他依靠自己的力
量長大，變成蒙古狼吧！」[43]一方面，成吉思汗是想通過這種方式保
護自己最心愛的兒子，面對生死存亡的殘酷戰爭，這也許是最好的選
擇。另一方面，成吉思汗想通過自己和最純潔的「慘白如白晝的鹿」
的化身——忽蘭的子孫變成狼的事實，來證明自己確是狼的後代，而
這一切卻無法告訴忽蘭。「一旦說出口，頃刻間就會象泡影一樣破

39　〔日〕井上靖：《蒼き狼》，《井上靖歷史小說集》（東京：岩波書店，1981年），卷4，
　　頁171。

40　〔日〕井上靖：《蒼き狼》，《井上靖歷史小說集》（東京：岩波書店，1981年），卷4，
　　頁171。

41　〔日〕井上靖：《蒼き狼》，《井上靖歷史小說集》（東京：岩波書店，1981年），卷4，
　　頁170。

42　〔日〕井上靖：《蒼き狼》，《井上靖歷史小說集》（東京：岩波書店，1981年），卷4，
　　頁171。

43　〔日〕井上靖：《蒼き狼》，《井上靖歷史小說集》（東京：岩波書店，1981年），卷4，
　　頁252。

滅，四散得無影無蹤。」[44]因此，成吉思汗把闊烈堅送給不知姓名的人撫養，是對愛妃忽蘭、愛子闊烈堅表達情感的一種特殊方式，而並非大岡昇平說的懼怕正妻孛兒帖的責難。山本健吉認為這一部分是《蒼狼》中最成功的地方。

井上靖在日本岩波書店舉辦的演講會上，在談及「歷史小說與史實」這一話題時，說自己在創作《蒼狼》過程中，曾對成吉思汗與忽蘭的兒子闊烈堅的下落問題一度感到困惑。井上靖創作《蒼狼》時，「手邊的史料文獻只有《蒙古秘史》、《蒙古年代記》和《蒙古源流》」[45]這三本書，而「其中除了一處闊烈堅被送給平民的文字外，沒有關於闊烈堅的歷史記載」[46]，而成吉思汗與正妻孛兒帖的四個兒子，在史料中卻有詳細的記載。因此，井上靖認為闊烈堅或許「夭折」了，所以，井上靖在《蒼狼》中順應情節發展，展開合理想像，賦予闊烈堅以繼續「狼原理」的使命。實際上，波斯學者拉施特主編的《史集》和中國的《元史》中，有關闊烈堅及其後裔的記載較為詳細。據《史集》記載，成吉思汗完成西征後進行第三次分封時，分給第五子闊烈堅的軍隊有四千人之多。

> 魯剌思部人忽必來那顏千戶。
> 捏古思部人脫斡裡勒千戶。
> 捏古思部的〔另一個〕脫斡裡勒千戶。
> ……[47]千戶。

44　〔日〕井上靖：《蒼き狼》，《井上靖歷史小説集》（東京：岩波書店，1981年），卷4，頁252。

45　〔日〕井上靖：《歷史小説と史実》，《井上靖全集》（東京：新潮社，1999年），卷24，頁636。

46　〔日〕井上靖：《歷史小説と史実》，《井上靖全集》（東京：新潮社，1999年），卷24，頁637。

47　各種版本都欠缺。

在此邦〔伊朗〕，千夫長劄兀兒赤及其子哈剌，其孫雪你台是
他們的後裔。成吉思汗將上列異密及四千軍隊分給了闊列堅。
闊烈堅的兒子兀魯帶在帖必力思，設有一座「兀魯帶作坊」，
由劄兀兒赤及其諸子管理。[48]

　　如果井上靖在小說創作過程中看到上述史料，《蒼狼》中闊烈堅
的命運也許是別樣的。在「狼原理」論爭過程中，大岡昇平曾指出
《蒼狼》「改寫」歷史情節，但並沒有提出闊烈堅的問題。可見，《史
集》和《元史》中關於闊烈堅的記載並沒有引起日本學者的重視。筆
者認為，從歷史小說創作的角度而言，《蒼狼》中「狼原理」的藝術
虛構無可厚非，但卻對井上靖因小說取材的局限性，而「改寫」闊烈
堅命運的結果感到遺憾。如果說《蒼狼》中成吉思汗對闊烈堅命運的
安排是小說的高潮部分，是小說最為成功的地方，那麼，同時也是
《蒼狼》作為歷史小說最失敗的地方。正如大岡昇平所說，一部以尊
重史實為前提的歷史小說，根本原則是不能更改主要史實的。

　　總之，井上靖在其歷史小說創作中，基本上貫徹了這樣一個原
則：「以文學的想像來填補史實的間隙」，——既受制於歷史的真實，
又追求詩的真實。井上靖運用現實主義與浪漫主義相結合的創作手
法，真實中飽含著豐富的想像，虛構中不失歷史的真實，使虛與實融
為一體，構成一幅完整的歷史畫卷，從而開闢了歷史小說創作新途
經。一九六一年一月中村光夫在《朝日新聞》發表《文藝時評》，對
《蒼狼》給予積極的評價，他認為井上靖的歷史小說散發著他喜愛的
歷史人物的淡淡的虛無，在喚起現代讀者共鳴的同時，也明晰地顯現
出作者空想的輪廓。

---

48 〔波〕拉施特主編，余大鈞、周建奇譯：《史集》（北京市：商務印書館，1983年），
　　卷1，第2分冊，頁378-379。

第五章
虛往實歸
──井上靖晚年的「孔子」之道

第一節　井上靖的小說《孔子》

一　《孔子》的小說化

在孔子誕辰兩千五百四十周年的一九八九年，井上靖以中國古代聖人孔子為題材的長篇歷史小說《孔子》經過十餘年的醞釀、準備，最終得以問世。這部充滿哲理思想的歷史小說一經出版，在日本便成為銷量過百萬的暢銷書，並獲得第四十二屆野間文藝獎。當時韓國、英國、法國等世界各國學者也都爭相翻譯出版此書。

《孔子》是井上靖集四十餘年文學創作之大成的絕筆之作，行至晚年的井上靖最終選擇「孔子」這一題材作為自己的收山之作是有其歷史必然的。首先與孔子思想在日本的傳播和影響有著直接的關係。吉川幸次郎在一次報告會上說：「對我們日本人來說，孔子和魯迅是中國文化與文明的代表，……一個日本人，他可能不知道中國的歷史、文學和哲學，但是，他們卻常常饒有趣味地閱讀孔夫子和魯迅先生的著作，通過這些著作，他們摸到了中國文明與文化的脈搏。」[1]深愛中國文化的井上靖，在接觸中國文化之初就於潛移默化中受到了孔子思想的影響。井上靖在與吉川幸次郎座談時，曾提到自己中學時代就讀的學校設有漢文課，對《論語》等中國文化有一定程度的瞭

---

[1] 張哲俊：《吉川幸次郎研究》（北京市：中華書局，2004年），頁7。

解。並強調當時受中國文化的影響「並不是用上課的形式，而是自然地深入其中，受到薰陶的。」[2]而這「自然地」「薰陶」正是孔子思想在日本傳播與影響的具現。作為中國傳統文化思想核心的儒家學說大約從漢代起，既已跨出國門，傳入東亞的朝鮮、日本等國，並由此產生了深遠的影響，形成了孔子文化圈。中國和日本的典籍都有西元前三世紀末秦人徐福東渡時將詩書帶到日本的記載。中、日、朝三國史書明確記載，西元二八五年，百濟使者阿真歧薦博士王仁向日本應神天皇獻《論語》、《千字文》。據此，孔子思想傳入日本已有一千七百年的歷史。經奈良朝到平安朝（750-1192），孔子思想在宮廷皇室、大臣等上層社會產生巨大影響，再經鐮倉至室町時代（1192-1603），孔子思想已成為武士道體系的重要思想淵源。江戶時代（1603-1867），孔子思想的影響達到高潮，成為德川幕府維持統治的精神支柱。對日本的社會道德、文化教育和政治生活產生著巨大的影響。日本學者兒島獻吉郎說：「日本文化，與中國文化緊密相連……及孔教傳入，因能適合於日本國體與民俗，故日人之祖先，取之而為國教。」[3]這種與日本固有的民族精神和神道思想相結合而形成的適合於日本國情的儒家思想，成就了日本的儒學。儒學在日本被視為「實踐道德說而非宗教」。[4]日本教育家小原國芳（1887-1977）認為儒學的內容就是「孔子集其大成之道德說、倫理說」[5]，認為儒學傳入日本，對日本文化發展有很大的貢獻。日本不斷攝取吸收中國文化，從而使「儒教漸次形成了日本的國民道德」。一些西方學者認為除中國本身外，日本是世界上研究孔子儒家思想成果最多的國家。因此，在源遠流長的中日

2　周發祥編：《中外比較文學譯文集》（北京市：中國文聯出版公司，1988年），頁328。

3　〔日〕兒島獻吉郎撰，陳清泉譯：《諸子百家考》（北京市：商務印書館，1933年），頁69。

4　〔日〕尾形裕康撰，黃啟森譯：《日本教育通史》（達承出版社，1965年），頁4。

5　〔日〕小原國芳撰，吳家鎮、戴晨曦譯：《日本教育史》（1935年），頁37。

文化交流的背景下，中學時代的井上靖受到以孔子思想為代表的中國文化的「薰陶」確是「自然」之事。

　　然而，井上靖創作《孔子》的要因是被《論語》裡蘊含的深刻思想所折服。井上靖在《致中國讀者》一文中說「我晚至七十讀《論語》，為之傾倒。……立即被孔子的言語所吸引，耽讀入迷。這十年來，愛不釋手，自由馳騁於《論語》的天地之間，不僅毫無倦意，而且漸入佳境」。[6]他還說：「我從書本上結識許多《論語》學者、專家，受益匪淺。這種《論語》入門法恐怕並非唯我獨具，六、七十歲的人讀《論語》，大抵和我一樣，都成為《論語》的俘虜。我深感《論語》中孔子對人生的見解力，神奇魅力的現代式語言中蘊藏著全部理想和感受。深深地打動著我們這些即將對人生進行總清算的老人的心」。[7]

　　在日本近代文學史中，以《論語》或孔子思想為主題的作品也早已有之，主要有谷崎潤一郎的《麒麟》（1910），太宰治的《竹青》（1945）以及中島敦的《弟子》（1952）等。《麒麟》通過孔子與衛靈公、南子等人的關係來表現「吾未見好德如好色者」的主題；太宰治的《竹青》運用《聊齋志異》的寫作手法闡釋《論語》內容；而中島敦的《弟子》則是從子路的角度來描寫與孔子師徒之間的情感。這三部作品都是取材《論語》或孔子的某一方面進行創作的，沒有將二者合一進行闡釋。井上靖筆下的《孔子》則是以《論語》思想為根本，並結合其思想內涵塑造孔子形象的一部小說。

　　井上靖認為「孔子是亂世造就的古代（西元前）學者、思想家、教育家。以研究《論語》著稱的美國克裡爾教授與日本學者和辻哲郎博士把孔子稱為『人類的導師』，這是最恰當不過的評價。孔子的確

6　〔日〕井上靖：《致中國讀者》，《人民日報》，1990年3月2日。

7　〔日〕井上靖：《致中國讀者》，《人民日報》，1990年3月2日。

是人類永恆的導師」。[8]「孔子的思想至今沒有過時。」[9]所以，應該讓更多的人瞭解《論語》的思想內涵。學者專家的相關著述主要在相關學者之間交流，不易為大多數讀者所接受。而小說題材的《孔子》則可以通過環境氣氛的渲染，故事情節的拓展，通俗易懂、潛移默化地介紹孔子的生活經歷和思想境界。這是井上靖將「孔子」小說化的根本原因。

《孔子》全書近二十萬言，共分為五章。從始至終把訪談作為第一現場，無論主要人物蔫姜的講述與答問，還是與會學者的提問與發表意見，均以第一人稱對話的形式進行，全無作者的客觀描述。蔫姜是作者筆下虛構的主人公，小說以他對孔子死後的追憶、講學和聚會討論的形式，展開孔子晚年的故事。井上靖通過虛構這樣一個人物，從客觀的角度來見證孔子與三位弟子之間的情感；另一方面，通過蔫姜與眾弟子對孔子思想的研究與探討，說明《論語》的編撰過程。這樣，「把舞臺置於春秋亂世這個大時代背景，再讓孔子一行登臺表演，那麼，孔子、子路、子貢、顏回以及其他弟子都會栩栩如生、活靈活現地以各自符合歷史時代的風貌出現在觀眾面前，而在這歷史中產生的孔子言論以及孔子與弟子的問答就必然具有鮮活的生命力。」[10]這樣的敘述方法，使得孔子及其與各具個性的弟子之間的相互關係，在小說空間中，以一種鮮明的整體形式浮現出來。《論語》是孔子去世數百年後，經幾代孔門弟子的努力編撰出來的，思想學說也主要是靠後人口口相傳繼承的。所以，在《孔子》中，井上靖以孔子後人講述和議論的形式，探討《論語》思想的各個方面。這樣既可以再現當年

8　〔日〕井上靖：《執筆小說〈孔子〉》，《井上靖全集》（東京：新潮社，1999年），別卷，頁273。

9　〔日〕井上靖：《執筆小說〈孔子〉》，《井上靖全集》（東京：新潮社，1999年），別卷，頁273。

10　〔日〕井上靖：《致中國讀者》，《人民日報》，1990年3月2日。

的歷史風貌，也比孔子本人出場自述顯得自然客觀，對充分展現後人對孔子某一學說的不同見解，顯得尤為恰當貼切。小說中，蒔姜以蔡國遺民的身份出場。首先，在第一章中以回憶的方式追憶自己的一生，以及跟隨孔子十四年間所聞所見的孔子及其眾弟子的情形，表達了自己對師尊孔子的敬仰之情；第二章，蒔姜根據史實，與眾多學者反覆探討「天」與「天命」的內涵；第三章，通過蒔姜的敘述證實孔子與弟子子路、顏回和子貢的情感；第四章，通過孔子自身的言行，探討孔子哲學思想根源的「仁」，以及「知」與「仁」的關係；第五章，蒔姜在孔子故去三十三載後，再度前往負函，通過所見所思，終於領悟到孔子思想的真諦。

二　《孔子》的取材

西漢歷史學家司馬遷編撰的《史記》「孔子世家」篇和「仲尼弟子列傳」篇中，收錄了有關孔子的生平及其弟子們的情況。然而，這僅僅是一些隻言片語的記載，而且是在孔子辭世四百多年後編撰而成的，可信度難以斷定，後人也曾指出過其中的差誤之處。儘管如此，作為研究孔子的基本史料，《史記》仍是井上靖創作《孔子》唯一的指導性論著。另外，小說《孔子》也借鑑了《漢書》、《春秋左氏傳》、《穀梁傳》、《呂氏春秋》等史書。中國學者顧頡剛編訂的《崔東壁遺書》和郭沫若的《中國史稿集》等也對井上靖創作《孔子》起到了一定的借鑑作用。

為再現孔子當年的歷史環境，從一九八一年到一九八八年，井上靖在其創作前後共六次訪問中國山東省和當時河南省的尚未對外國人完全開放的地區。[11]

---

11 第一次：一九八一年九月，曲阜（魯國都城）；

　　眾所周知，山東曲阜是孔子的故鄉，而河南是孔子被逐出魯國後，與子路、子貢、顏回等眾弟子十四年流浪之地，也是中華文化的發祥之地。

　　井上靖通過河南之行解決了創作《孔子》最棘手的兩個問題。一個是「負函問題」。孔子一行在陳國國都居住三年後，遠赴楚國負函。而負函究竟在楚國的什麼地方，始終是一個謎。孔子到過楚國的依據是《論語》中「近者悅，遠者來」這句話，從側面證實了《春秋左氏傳》中「致蔡遺民於負函」一節所記載的歷史事實，成為孔子曾逗留楚國的重要證據。「葉公諸梁，致蔡遺民於負函」一節，發生在哀公四年（西元前491）夏。蔡國迫於吳國的壓力，決定於哀公二年，遷都遠方的州來。然而，遷都時，約有一半的國民仍然留在舊地，生活方式如舊，故被稱做蔡國遺民。在這種情況下，楚國一位出色的政治家葉公在楚國的地界上新建了一個「負函」城，以收容那些蔡國遺民。除此之外，「負函」在其他古籍中均無記載。

　　孔子入楚後，拜訪葉公，居住地大概也在負函。但是，楚國之大，負函究竟位於何處？井上靖第四次訪問河南，正是其創作進退維谷之時，如果這一次仍確定不了負函的位置，小說的情節就無法展開。一般認為負函位於淮河上游，於是井上靖決定到河南信陽瞭解情況。當時，信陽郊外的淮河邊發掘出一座「大楚王城」遺址。遺址橫臥在信陽縣長大鄉蘇樓村，面積六十八萬平方米。信陽當地鄉土史家告訴井上靖這裡大概就是他所尋找的負函。原先不過是蔡國遺民的小

第二次：一九八二年十一月，淄博（齊國都城）、濟南、淮陽（陳國都城）、商丘（宋國都城）、永城、鄭州；

第三次：一九八三年十二月，鄭州、開封、葵丘（春秋時期諸侯會盟之地）；

第四次：一九八六年四月，新鄭（鄭國都城）、上蔡（蔡國最初的都城）、新蔡（蔡國的第二個都城）、駐馬店、濮陽（衛國都城）、安陽（殷國都城）、開封、鄭州；

第五次：一九八七年十一月，信陽（楚國的負函）、鄭州；

第六次：一九八八年五月，濟南、曲阜。

鎮，後來逐漸擴大，成為城牆高築的軍事要塞的楚國王城。後來，越來越多的史料表明，這座王城遺跡很可能就是負函城址。《孔子》發表後，信陽當地還發掘出楚國葉公時期負函高官的墳墓。

通過河南之行解決的另一個問題是確定蔡國新舊國都的問題。《漢書‧地理志》與《史記》中關於蔡國國都的記載大相逕庭，這使井上靖的創作左右為難。據《漢書》記載，蔡國定都上蔡，歷經五百年後遷都新蔡又延續四十年，而《史記》的記載則截然相反。為弄清楚上蔡和新蔡的先後順序，井上靖連續兩年到上蔡、新蔡訪問，參觀了新蔡、上蔡兩座古城的殘垣斷壁，察看了城牆的大小和城內街道的分佈結構後，判斷上蔡是五百年國都，新蔡是四十年國都。

在井上靖的中國題材歷史小說中，幾乎所有的作品都是在沒有現場取材的情況下，而是僅憑史料記載和作家才能進行創作的。《孔子》是井上靖唯一一部經過反復取材、確認後創作的中國題材歷史小說。井上靖決定以「孔子」為題材進行小說創作後，廣泛收集國內外相關史料，全身心地投入到有關孔子和《論語》的文獻裡。然而，就在將第一部分書稿交付出版社的當天（一九八六年九月二十九日），井上靖被檢查出患有食道癌，並做了食道切除手術。也就是從那時起，井上靖真正領悟到孔子的「天命」思想。「最後，我已無能為力，只有聽任『天命』的安排，……橫躺在手術臺上，任由麻藥奪走意識。」[12]「死生有命，富貴在天」──癌症手術之後的井上靖對「天命」的理解，決定了他其後《孔子》創作的重心。實際上，「仁」是《論語》中最重要的話題。《論語》裡，除《為政》、《八佾》、《鄉黨》、《選進》、《季氏》等篇章中完全沒有出現「仁」之外，全書共出現了一百一十次「仁」的話題。但是在井上靖創作的《孔子》中，「仁」卻退居其次，對「天命」的探討最多。

---

12 〔日〕井上靖：《和自己相會》，《朝日新聞晨報》，1989年12月25日。

　　手術恢復後的井上靖立即重新投入到《孔子》的創作中。他立志
「在有限的生命」裡寫出自己所理解的孔子。也就是說，在小說創作
過程中，井上靖和天命的抗爭與筆下的孔子命運同時展開。是「天
命」中無法逃避的「死」先吞噬掉井上靖，還是小說家井上靖搶先完
成自己的絕筆之作《孔子》？在《孔子》創作的全過程中，井上靖一
直在與「天命」中註定的死亡競爭。「孔子畢生最偉大的業績，產生
於孔子生平最悲傷、最孤寂的時期，而正是這些悲傷、孤寂支撐著
他。」[13]孔子周遊列國回到久別的魯都後，將自己整個生涯的積累集
中於講學授業。然而，就在一切開始走向正軌的時候，集孔子所有期
待於一身的愛子——鯉（伯魚）卻撒手人寰；兩年後，孔子認為最好
學的愛徒顏回因貧窮而逝；另一愛徒子路也相繼身亡。正是在這最悲
傷、最孤寂的時期，孔子完成了他的講學大業。對井上靖而言，《孔
子》是其作家生涯的頂峰之作，也是其在意識到自己生命盡頭來臨
之際，將自己的身、心、乃至生命融入筆端，抒寫出的超越生死的
無悔之作。從這個意義上說，絕筆之作《孔子》可以看作是作家井
上靖小說形式的遺書。

三　《孔子》中的孔子形象

　　井上靖在《孔子》一書的序言《致中國讀者》中寫道：「孔子是
怎樣一個人？我以為可以歸結為一句話：是亂世造就的古代（西元
前）學者、思想家、教育家。」[14]

　　井上靖在小說中，以淡然的筆觸勾勒出孔子的品格與學說，泰然
的心境與凝重的感歎，明慧的達觀與溫和的嘲諷，還有對弟子深切的

13　〔日〕井上靖：《孔子》，《井上靖全集》（東京：新潮社，1999年），卷22，頁299。

14　〔日〕井上靖：《致中國讀者》，《人民日報》，1990年3月2日。

情感。孔子認為自己生活的春秋時代是天下無道的時代，禮崩樂壞，陷入了「臣弒其君者有之，子殺其父者有之」的歷史災難的深淵。而孔子嚮往的則是堯舜理想化的、有道的黃金時代，他的理想是使現實政治回到「禮樂征伐自天子出」的軌道上去。「周監於二代，郁郁乎文哉，吾從周」，以致夢不到自己敬仰追慕的聖人周公，便為之感傷不已。「甚矣吾衰也，久矣，吾不復夢周公」。為此，孔子不得不以一種「知其不可而為之」的行動「放逐」自我，十四年周遊列國的漂泊中，即便是彷徨與衛、絕糧陳蔡，依然堅定執著，不改其道。「知其不可」是孔子對現實的明察、對人生的徹悟；「為之」則是孔子對現實的負責、對人生的熱誠。孔子相信治理亂世是上天賦予他的使命，所以儘管隨時都有艱難險阻，但也不能因之而懈怠退縮。雖然一切努力都沒有效果，但他從不氣餒，明知不可能成功，卻仍然堅持不懈。

　　井上靖在小說中，首先以孔子對自身的評價探討其為人。「其為人也，發憤忘食，樂以忘憂，不知老之將至云爾。」「朝聞道，夕死可也。」這句話，楊伯峻在《論語譯注》中將其譯為「早晨得知真理，要我當晚死去，都可以」。這是學界公認的解釋。但井上靖在作品中超越以往，做出新的詮釋，「要是早晨聽說已經出現一個以道德治理國家的理想社會，讓我當晚死去也心甘情願。」[15]在這裡，井上靖將「道」從「真理」上升為「以道德治理國家的理想社會」。這也是晚年身為日中友好協會會長、國際筆會會長的井上靖在現實世界中所思考的問題。

　　另外，在小說中，作者從蔫姜的視角指出了孔子令世人敬仰之處：

　　　　──一個體恤他人悲苦之人。
　　　　──一個如春風般溫和之人。

---

15 〔日〕井上靖：《孔子》，《井上靖全集》（東京：新潮社，1999年），卷22，頁381。

——一個正直、認真之人。

——有著超越年齡界限的生機與朝氣。

——明慧的心智和博大的修養。

——任何時刻都不懈努力。

——毫無苟且的君子。

——一個自強不息的君子。

——古今無雙的德之聖者。

——寬以待人，嚴以律己。

——寬以恕人。

——一生一世普愛世人。

——威而不猛。

——絕不言不由衷，心口不一。

——以救世救人為己業，鞠躬盡瘁，死而後已。[16]

　　另外，孔子無時無刻不秉持著的那份冷靜，那無人可望其項背的非凡氣質被認為是「極為冷靜之處」。也是「作為凡人的孔子，給人最深刻的印象」。[17]並從六個方面一一指出這一點：

——敬鬼神而遠之，可謂知矣。

——未能事人，焉能事鬼？

——未知生，焉知死。

——子不語：怪、力、亂、神。

——子之所慎：齋、戰、疾。

——康子饋藥，拜而受之，曰：「丘未達，不敢嘗。」[18]

16 〔日〕井上靖：《孔子》，《井上靖全集》（東京：新潮社，1999年），卷22，頁381。

17 〔日〕井上靖：《孔子》，《井上靖全集》（東京：新潮社，1999年），卷22，頁413。

18 〔日〕井上靖：《孔子》，《井上靖全集》（東京：新潮社，1999年），卷22，頁414。

　　這樣，井上靖筆下的《孔子》經歷了一個由「聖」到「凡」，又由「凡」到「聖」的過程，一個寬厚博愛、推己及人、體恤民情、孜孜以求的仁人形象在井上靖的筆下被樹立起來。

第二節　井上靖的「孔子」之道

一　抗爭「天命」

　　對「五十而知天命」的探討，是小說《孔子》最重要的創作主題。「天命」是個艱深的問題，孔子思想中最難理解的莫過於「天命」這個問題。作者在開篇處提出──「天何言哉。四時行焉，百物生焉，天何言哉。」──孔子言道，「天」何曾說了什麼？「天」什麼都沒說。四季照樣運行無阻，萬物照樣生長，「天」卻什麼也不說。孔子決意將自己的一生奉獻於天所賦予的使命，且一步一步踏實地走過來，但中途卻不止一次地逼得孔子不能不慨歎──「命也」。

　　孔子一行周遊列國，曾先後於黃河之畔、負函之夜，兩度面對毫不容情的「天命」。滯留衛國之際，一度想前往北方強國晉國，弟子子路、子貢、顏回均隨同前往黃河渡口。但到了那裡，忽聞晉國政情有變，遂中止晉國之行，慨歎道：「美哉，水洋洋乎，丘不濟於此，命也」。這也許是「命」、「天命」所使然。孔子一行之所以滯留陳都四載，不遠千里奔赴負函，就是為了在極其自然的情況之下謁見楚國昭王。然而，孔子數年來的深思熟慮卻被一個意外粉碎──昭王駕崩。昭王的意外死亡成了孔子的「天命」。不得謁見昭王，命也。──孔子的心情想必如此。但孔子一言不發，返回宅第之後，坐在可以望見夜空的走廊一隅，宣佈了下一個行動──「歸與，歸與」。與天命相爭！孔子捨棄長達十四年的周遊列國之旅，決定返回魯都去重拾傳道施教的舊業。

晚年返回魯國後的孔子，回顧自身五十歲前後的經歷，言道：「五十而知天命」。然而，孔子五十歲那年，究竟何所感？何所知？「天命」的內涵到底是什麼？井上靖在《孔子》中，把「五十而知天命」解釋為「我於五十歲時，自覺到自己所從事的事業是上天所賦予的崇高使命」。認為既然意識到這種使命感，就應該為之不懈地努力，不論遇到什麼樣的艱難險阻都應該努力去做，成功與否都是天意。也就是說，「五十而知天命」這句話含有兩層意思：一是自我意識到天賦的使命；二是既然具有這種使命感，就要奮力而為，能否成功，只能由天裁奪。「無論任何事情，……成功與否只好由天」。

井上靖認為孔子周遊列國的十四年，就是不斷與「天命」抗爭的漫長的十四年。而返魯後等待孔子的卻是愛子鯉、愛徒顏回、子路的相繼離世。對顏回的死，孔子發出「天喪予！天喪予！」的悲歎，這是對無情的「天命」的悲訴。如果說，「五十而知天命」是孔子對其自身使命和生存方式的反思，那麼，「天喪予」則是晚年孔子在至親至愛的人相繼離去之後，對「天命」的無力抗爭。

井上靖在探討《論語》中的「天命」觀的同時，也對蔫姜自身「天命」的經歷進行了描寫，蔫姜對「天命」的反思，實際上正是一直在與「天命」抗爭的井上靖內心的真實寫照。在小說中，蔫姜兩次因「天命」而改變了自己對人生的思考。當時還是僕役身份的蔫姜在村落破屋中看到了孔子一行面對狂風暴雨時的情景。在天搖地動般的狂風暴雨面前，孔子既不思躲避，也不圖保身，正身端坐，泰然處之。就是在那個雷電交加的夜晚，蔫姜生平第一次知道，世上竟有這樣高尚的人。一種想法油然而生──即便生逢亂世，人仍然應該去思考一些事情。如果沒有這一夜，蔫姜將和其他僕役一起，在宋都或陳都離開孔子，前往蔡國的新都或舊都回到普通的生活。孔子坦然面對狂風暴雨的情景正是八十歲高齡的井上靖接受食道癌手術的內心寫照。「第一次冷靜地正視自己的命運就是在決定接受食道癌手術的時

刻」。[19]或接受手術，以八十歲的高齡與「天命」抗爭；或放棄手術，聽任死亡的隨時到來。而手術成功與否，也只能任憑「天命」了。面對「天命」中的死亡，井上靖「正身端坐、坦然迎接」。而絕筆之作《孔子》就是對「天命」最有力的抗爭。「看透之後仍舊戰鬥」的精神，我們不僅能從中國的孔子、魯迅的身上看到，在井上靖這位深受中國傳統文化影響、熱愛中國文化的老作家身上也依稀可見。

蔫姜感受「天命」的另一次經歷是為師尊孔子守孝三年期滿後。隱居山村的蔫姜，受到一戶農家無微不至的照顧。農家生了個女孩兒，平時怎麼也不讓蔫姜抱的女孩兒，在兩周歲生日的那天，突然主動向蔫姜伸出了雙手。於是，這一天，成為年邁的蔫姜六十多年亂世生涯中最美好的一天。然而就在當晚，女孩兒突然生病，一個月後不治而亡。這是「上天」的懲罰，還是「命」該如此？可愛的女孩兒並沒有做什麼壞事，而且又是第一次向他人示好，「上天」究竟是在懲罰誰呢？歲歲老卻的蔫姜在無數個深夜仰天長思而不得其解。實際上，類似「女孩兒」的事在井上靖的現實生活中真實地發生過。「前年，快兩歲的可愛的孫女英子突然得了腦炎，完全喪失了意識，至今未癒。那麼純潔、無辜的孩子為什麼會遭到如此厄運？我抑制住自己悲傷的心情，將『天命』作為《孔子》的中心命題進行創作」。[20]這裡的「前年」是指一九八七年，也就是井上靖做完食道癌手術的第二年。食道癌手術和愛孫的患病，對正執筆《孔子》的井上靖來說，是非常重要的兩次經歷。也正是這樣的經歷才衍生出井上靖對「五十而知天命」的「天命」的理解：走自己所信奉的道路，成敗與否，任由天意。這是亂世中孔子的生存理念，也是執筆《孔子》時的井上靖的生存理念。

19　《朝日新闻晨报》，1989年12月25日。

20　〔日〕傳田朴也：〈畢生の大作『孔子』——近く完結〉，芹・井上文学館の会々報108。

二 「仁」與「禮」

由於作者自身的多方面因素，小說《孔子》對「天命」的探討被置於首要位置，但對「仁」的關注也佔有重要的地位。孔子的整體思想是「仁」，「仁」代表了從形而上的本體到形而下的萬事萬物。然而，「仁」究竟是什麼？千餘年來人們一直在探究。井上靖對「仁」的理解又如何呢？

孔子所強調的美德都具有「能動性」（dynamic）和社會性。例如「恕」（人際關係的相互性）、「信」（對他人善良的信念）都內在地涉及到一種與他人的動態關係。「仁」最具代表性。孔子曾說：「人人都該設身處地為他人著想；他人悲傷之時撫慰之；寂寥之時體恤之，此即『仁』也。『仁』由『二人』組成，乃是任何兩人之間都應相互體恤。對親人，體恤之；對鄰人，體恤之；途遇陌路亦體恤之」。[21]「仁」字以「人」字旁配以「二」字，無論父子、主僕，乃至旅途陌路所遇，只要兩人相見，兩人之間隨即產生彼此恪守的規範，此即是「仁」。換言之，就是「體諒」、「體恤」，亦即站在對方的立場考慮問題。孔子認為要使無序至極的天下或多或少地恢復倫常，須正本清源改變人世的根本。孔子正是基於這個觀點，才提出「信」與「仁」的主張。

對於「仁」，孔子的解釋常因人而異。井上靖在《孔子》中，引用了《論語》中的關於「仁」的一下詞條：

> ——子貢問曰：「有一言而可以終身行之者乎？」子曰：「其恕乎，己所不欲，勿施於人。」——子貢問道：「可有一言可奉行終生乎？」孔子答以：「恕也。恕者，設身處地為他人著

---

21 〔日〕井上靖：《孔子》，《井上靖全集》（東京：新潮社，1999年），卷22，頁52-53。

想；勿將自身所不喜之事加諸他人身上。」孔子以「恕」言
「仁」。

──「巧言令色，鮮矣仁。」──「一味花言巧語、虛情假意
取悅他人者，是少有仁德之人。」蔿姜進一步說，想從巧言令
色者身上求得一個人該有的仁心，怕是緣木求魚，換言之，以
仁為懷的人，絕無可能是個巧言令色的小人。

──「惟仁者，能好人，能惡人。」

──子曰：「剛毅木訥，近仁。」與「巧言令色」截然相反的
人。

──子曰：「仁遠乎哉？我欲仁，斯仁至矣。」意即「仁」並
非遠在天邊的神思玄想，只要本身意欲行「仁」，「仁」就近在
咫尺。

──子曰：「人而不仁，如禮何？人而不仁，如樂何？」──
人若匱乏仁心，即便有「禮」又能如何？那是枉費心機；于
「樂」亦如此，匱乏仁心，即便習樂，亦無何意，毫無意義。

──子曰：「志士仁人，無求生以害仁，有殺身以成
仁。」──以仁為懷的有志之士，不至為苟全性命而損傷
「仁」德；非但如此，為了保全「仁」德，隨時捨命亦在所不
惜。[22]

　　由此看來，井上靖認為孔子所講的「仁」有大小兩種，對市井之
人而言，是互諒互助的為人之道；對處於亂世的政治家而言，是拯救
生靈於塗炭的根本。無論「大仁」抑或「小仁」，都是對世人的關愛
和人應有的真誠。

　　在小說中，作者引用樊遲與孔子的對話探討「知」與「仁」的關

22　〔日〕井上靖：《孔子》，《井上靖全集》（東京：新潮社，1999年），卷22，頁245。

係，認為孔子是集「知者」與「仁者」於一身的聖人。

> 樊遲問知。子曰：「務民之義，敬鬼神而遠之，可謂知矣。」
> 問仁。曰：「仁者先難而後獲，可謂仁矣。」
> 樊遲問仁。子曰：「愛人。」問知。子曰：「知人。」
> 樊遲問仁。子曰：「居處恭，執事敬，與人忠。雖之夷狄，不可棄也」。[23]

「知者樂水，仁者樂山。知者動，仁者靜。知者樂，仁者壽。」「知與仁」是個極為深奧的問題，孔子藉人人都能體會的對照物——「水與山」加以解釋，這正是孔子的詩心或直觀之所在，也是世世代代的人為之動容之處。孔子自身既是知者，亦是仁者。既以知者樂水，亦以仁者樂山，且兼備知者之「動」與仁者之「靜」；以知者盡享天賜時日，亦以仁者從容安享天年。

在「禮」的問題上，《孔子》只提到了《論語‧先進》篇中子路、曾晳、冉有、公西華侍坐的故事：

> 子路、曾晳、冉由、公西華侍坐。
> 子曰：「以吾一日長乎爾，毋吾以也。居則曰：『不吾知也！』如或知爾，則何以哉？」
> 子路率爾對曰：「千乘之國，攝乎大國之間，加之以師旅，因之以饑饉；由也為之，比及三年，可使有勇，且知方也。」夫子哂之。
> 「求，爾何如？」
> 對曰：「方六七十，如五六十，求也為之，比及三年，可使足

---

23 〔日〕井上靖：《孔子》，《井上靖全集》（東京：新潮社，1999年），卷22，頁252。

民。如其禮樂，以俟君子。」

「赤，爾何如？」

對曰：「非曰能之，願學焉。宗廟之事，如會同，端章甫，願為小相焉。」

「點，而何如？」

鼓瑟希，鏗爾，舍瑟而作。對曰：「異乎三子者之撰。」

曰：「暮春者，春服既成，冠者五六人，童子六七人，浴乎沂，風乎舞雩，詠而歸。」

子曰：「何傷乎，亦各言其志也。」

夫子喟然歎曰：「吾與點也！」

三子者出，曾晳後。曾晳曰：「夫三子者之言何如？」

曰：「為國以禮，其言不讓，是故哂也。」「唯求則非邦也與？」「安見方六七十如五六十而非邦也者？」「唯赤則非邦也與？」宗廟會同，非諸侯而何？赤也為之小，孰能為之大？」

　　雖然，作者在小說中以讚賞的筆觸描繪了孔子對周朝文化的景仰之情。但卻沒有認識到曾晳所言「暮春者，春服既成，冠者五六人，童子六七人，浴乎沂，風乎舞雩，詠而歸。」與「周監於二代，郁郁乎文哉！吾從周」兩句話之間的內在連繫。孔子是儒家學說的創始人，其社會思想一言以蔽之就是「歸於維持周代的封建制度」。孔子對周朝的景仰，並不僅僅因為周朝繁榮的文化，更重要的是周朝的封建政治制度。「禮」、「樂」正是這種封建制度的外在形式。「在如何維持上，孔子反對從前的權利服從關係而強調以道德為基礎的教化關係。」這就是說，孔子反對用武力維持的高壓統治，贊成以個人道德修為為基礎的「德治」。民與民，官與民之間的和諧共融就是孔子學說的「仁」。概括起來說，「禮」是周朝封建制度的外在形式，「仁」是平等基礎上的道德。在孔子看來把這兩者統一起來就能維持社會秩

序、維護國家和平。關於這一點，與井上靖同時期的日本中國學學者
吉川幸次郎在《中國的智慧》一文中也予以了肯定。由此可見，井上
靖在作品中並沒有充分認識到「仁」與「禮」的關係，這不能不說是
一件憾事。

三 「逝者如斯夫」

井上靖在自傳《春》中這樣寫道：「『逝者如斯夫』這句話，在讀
小學的時候就記住了。幼年時立足河畔，腦海裡總是浮現出這句話。
每當置身於河畔，都被相同的感慨所打動」。[24] 在自傳體小說《北方的
海》中，他提到了這句話對中學時的自己的影響，並連續三次引用。
中學畢業的洪作沒能考上高中，但又不願回家，留在中學附近，整日
和一群頑皮的夥伴參加母校練武場的柔道訓練，絲毫不為前途著想。
這時，化學老師宇田關心他，幫助他，並用《論語》中的這句話引導
他。「河水悠悠，逝者如斯夫──知道這句話嗎？」[25] 少年時期的井上
靖當然難以完全明白其中的深刻含義，但這句話卻在他腦海裡留下了
深刻的印象。井上靖為何如此鍾情於《論語》中這句富有哲理卻又極
具矛盾性的話呢？事實上，對這句話感興趣的日本人並非少數，吉川
幸次郎就說過《論語》中他最喜歡的就是這句話。這句話之所以能夠
得到許多人的青睞，不僅在於它所寄寓的對人生的感慨與詠歎，更在
於對這句話的理解的矛盾性。

一九六六年，井上靖與吉川幸次郎在一次座談上談到了對這句話
的理解。吉川認為有兩種解釋，「一種是世界在發展，其最好的象徵
就是江河中的水。歷史在不斷地發展，這樣，人類就必須不斷地努

---

24 〔日〕井上靖：《春》，《井上靖全集》（東京；新潮社，1999年），別卷，頁441。

25 〔日〕井上靖撰，陳奕國譯：《北方的海》（長沙市：湖南人民出版社，1983年），頁
　　47。

力；而另一種解釋卻截然不同，逝去的一切，猶如江河中的流水，完全埋沒在往昔之中」。[26]井上靖對這兩種解釋深有同感，並認為後一種解釋代表了日本人的觀點。井上靖的這種理解也許並不符合《論語》的原意，但它卻有著深厚的社會歷史文化背景，符合日本傳統文化的特徵。日本在鎌倉、室町時代，由於社會秩序崩潰，戰亂頻發，一些貴族知識分子感到茫然失措，從而產生了一種無常的思想。鴨長明的《方丈記》和吉田兼好的《徒然草》等隨筆，始終貫穿的就是這種塵世無常的思想。《平家物語》也極力宣揚「萬事變幻無常」，世間的一切「恰似春霄夢一場」的虛無觀點。井上靖正是在這種無常觀的影響下接受、理解「逝者如斯夫」這句話。對這句話的理解深深影響了他對人生的看法，並具體體現在他創作的一系列作品之中。

如前所述，《異域人》中的班超，苦心經營西域三十餘年，時過境遷，轉瞬即空。《蒼狼》中的成吉思汗身經百戰，建立赫赫功業，身死之後卻連葬身之處也難以尋覓。在這些作品中，個人的奮鬥、個人的命運，在歷史的長河中顯得是那樣地短暫、無常。而在《樓蘭》中作者更是將這種虛無感擴大到一個民族、一個國家。在歷史的長河中，一個國家，一個民族不過是過眼煙雲而已。磯田光一指出「從《天平之甍》開始的井上靖的歷史小說，包括《敦煌》、《樓蘭》在內，作品的主人公好像不是具體人物，而是時光和命運」。[27]福田宏年也認為「井上靖的文學無疑是基於這樣一種詠歎與感慨──人生如同河流般晝夜不息地流淌著。《天平之甍》《樓蘭》《敦煌》《風濤》和《俄羅斯國醉夢譚》等作品都是建立在這樣的主題之上的，即相對於悠久的歷史而言，人生是多麼地渺小與短暫」。[28]

---

26 周發祥編：《中外比較文學譯文集》(北京市：中國文聯出版公司，1988年)，頁329。

27 〔日〕松原新一、磯田光一等著，羅傳開等譯：《戰後日本文學史‧年表》(上海市：上海譯文出版社，1983年)，頁422。

28 〔日〕福田宏年：《井上靖評覺伝》(東京：集英社，1991年)，頁319。

　　井上靖在這些作品中，將個人的奮鬥、個人的功績置於歷史的長
河之中，表達出一種虛無的思想。但在其他一些作品中也表露出對個
人功績的肯定，以及個人行為在歷史發展中的作用的認同，從而表現
出一種矛盾與困惑的人生態度。這也正是貫穿於井上靖文學主軸的白
色河床中的「遁世態勢」和「行動態勢」相互交織的體現。《敦煌》
「以敘事詩般的語言描寫了人世的變幻無常」。[29]主人公趙行德是作者
為解開敦煌文物之謎而虛構的角色。這是一個隻追求行動的「人生的
鬥士」，作者通過對他所保存的敦煌文物價值的肯定，充分肯定了他
在歷史發展中的作用。後期作品《化石》也同樣表現出作者對人生矛
盾與困惑的態度。

　　《化石》實際上以「逝者如斯夫」這句話作為小說的主題。主人
公一鬼太治平得知自己身患癌症後，漫步於布列塔尼森林，遠眺暮色
中的塞納河畔，中學時代曾熟讀過的《論語》中的一句話頓時浮上心
頭。「逝者如斯夫，不舍晝夜」，人生短暫無常的感覺強烈地佔據了一
鬼的心，他多麼希望人生能夠像河流一樣時時刻刻、不分晝夜地奔流
不息。這種感覺構成了作品的主旋律。從巴黎回到東京，頭腦中充滿
了這種虛無感。在東京化石壁前，浮現於他腦海中的仍是這種感覺。
作品一方面充分渲染了主人公的人生虛無感，另一方面又讓主人公與
病魔作積極的鬥爭。對人生虛無的感歎中摻雜著對積極的思考。井上
靖在這部作品中也表達了同樣的思考。創作這部作品時井上靖懷疑自
己患了癌症，在創作過程中不斷思考《論語》中那些充滿哲理的思
想，這些深刻的思想成為支撐他戰勝病魔的支柱。福田宏年認為「井
上靖並非置身於作品世界之外，而是作為自身的問題在思索」。[30]《化

29　〔日〕松原新一、磯田光一等著，羅傳開等譯：《戰後日本文學史‧年表》（上海
　　市：上海譯文出版社，1983年），頁423。

30　〔日〕福田宏年：《井上靖評覚伝》（東京：集英社，1991年），頁315。

石》中的一鬼雖然勇敢地與死神進行著戰鬥，但是從中仍然可以看出井上靖作品中一直存在的虛無感。

　　但是，在封筆之作《孔子》中，井上靖捨棄了這種虛無感慨，明確地表達出一種對未來寄予希望的積極態度。晚年的井上靖為了創作《孔子》，投入大量時間與精力鑽研《論語》及相關著作，力圖接近孔子思想的內核，對人生的思考也轉向了積極的一面。對「子在川上曰：逝者如斯夫，不舍晝夜」的理解不再只是傳統的日本式理解，對人生的思考也由此轉向了以孔子為代表的儒家思想中積極入世的一面。

　　「逝者如斯夫」這句話第一次出現在《孔子》中，是在蔫姜追溯孔子葬禮結束的當天。蔫姜雖不清楚這句話是孔子流浪於陳蔡抑或滯留於衛國之時的興歎，但卻認定是佇立於水流豐沛的河岸時發出的感慨。單是流浪於陳蔡期間，孔子就曾佇立潁水、汝水、淮水等世人所熟知的幾條大河的岸邊。「逝者如斯夫，不舍晝夜」的感歎應是源自這幾條大河水的某一河岸。蔫姜自幼父母見背，又因遷都州來，複與眾多親屬分手。雖說自幼習慣於別離，但此番於短短的時間內，相繼與可視之為父的師尊孔子、視之為兄長的顏回、子路永別。茫然站在河岸的蔫姜，回憶接二連三發生的生死訣別，從中領悟到了全然不同的東西──「生存的力量」。於是，決心重新打起精神，堅強地、安穩地、一步一步地往前走下去。河水時時刻刻在流動，不停地流動，漫長的流程中或許有許許多多的徘徊，最終還是激流而下，流注大海。人生之流亦複如此。父、子、孫，代代更替猶若河流，期間有紛爭戰亂之世，亦有天災人禍之時，然而，人生之流如同河流，彙集各種各樣的支流，逐漸壯大，最終朝著大海奔流而去。

　　　過去的一切如同這大河的流水，晝夜不息，人的一生、一個時
　　　代、人類所創造的歷史也都奔流而去，永不停止。這樣每時每

刻變化流逝的現象彌漫著難以言狀的寂寞的氛圍。河水奔流不息，注入大海，與此相同，人創造的人類歷史也和人類自古夢寐以求的和平社會的實現註定地維繫在一起，不可能不連結一起。[31]

孔子一定是基於這種心理，才有「逝者如斯夫，不舍晝夜」的感慨。這種積極的解釋在小說《孔子》中得到反復論證。作者對孔子的所作所為充滿了敬仰之情，認為「孔子的魅力在於對正確事物傾注的熱情，在於對拯救不幸的人們，所具有的執著。」[32]認為孔子所追求的那個美好的世界必將到來。

一九七五年，井上靖從廣州經武漢去北京，在經過武漢長江大橋時，初次看到揚子江的流水，真正領略到了中國大陸的廣袤。於是感慨道：

在這自古以來，就不停流動著的大河之畔，如今那細微的生活活動與太古時代相比仍是一成不變。如此看來，揚子江的流水就成了一種悠久歷史的象徵。同樣是黃土的流動，卻已經不能再單單看作黃土的流動。正如這種流動自太古以來就不曾間斷過一樣，在這江岸，人類的營生也自太古以來就不曾間斷過。

在揚子江的岸邊，井上靖看到了一群婦女滿手通紅地在洗罈子。井上靖希望自己也能像她們那樣，滿手通紅地做自己的文章。希望自己能在一種隨時都能觸摸到「永恆」的環境中工作。相信永恆，相信人類，相信人類所創造的社會，——這種想法時常湧入漸近晚年的井上靖的心頭。

---

31 鄭民欽主編：《井上靖文集》（合肥市：安徽文藝出版社，1998年），卷1，頁244。
32 鄭民欽主編：《井上靖文集》（合肥市：安徽文藝出版社，1998年），卷1，頁238。

　　小說《孔子》正式發表的十五年前，井上靖曾就「逝者如斯夫」
這句話寫過一篇隨筆：「每一次想起這句話，都會多少有些不同的體
會。……失意的時候，感到人生無常地流轉；得意的時候，感到人生
無限的動力。之所以常常想起這句話，就是因為它的內涵隨著人生境
遇的不同而不同」。《孔子》正式發表的三年前，井上靖再次就此寫了
一篇隨筆。「孔子的『逝者如斯夫』，每一個時代，都有些許不同的詮
釋，這正是孔子最偉大的地方。我是在核時代接受孔子思想的，但我
認為孔子的『逝者如斯夫』的底蘊是：無論在什麼時代，都要相信人
類，相信人類創造出的歷史。如果沒有這樣的信任，我們就不能坦然
邁進二十一世紀，兩千五百年前的孔子思想也不會延續至今」。相信
人類歷史的「人生肯定論」和蔫姜的孔子觀是一致的。

　　西元前六五一年，黃河流域五個國家的當權者召開了葵丘會議，
盟約不以黃河水為武器，為了本國利益任意改變堤壩。孔子就是在那
一年誕生的，春秋戰國，群雄四起，天下大亂。孔子希望混亂的社會
能夠安定，並創建一個能夠使庶民百姓感到幸福的社會。基於這種思
想，他提出了「仁道」。「仁」闡明的是人的本質，人與人之間的關係
以及人生的價值與意義，是孔子思想的核心，也是孔子哲學思想的精
髓。「仁」的主旨在「愛人」，「己欲立而立人，己欲達而達人」。主張
恢復人與人之間的秩序，確立父父子子的關係，從生活、家庭方面確
定人的道德觀念。政治家必須把「仁」融進政治，從政者抱仁愛之
心，施行仁政，擴大到整個社會，「博施於民而能濟眾」。在那樣的時
代，孔子就認為，只要相信人類，總有一天會建立起和平的理想社
會。「建立和平的理想社會」正是漸入人生佳境的井上靖一直思考的
問題。

　　一九八四年國際筆會東京大會的中心議題是《核時代的文學——
我們為什麼寫作》。井上靖在會議的開幕式上代表日本筆會致開幕
詞，他在開幕詞中說：

作為一個核時代的文學家，中國古書《孟子》中所記載的二千六百年前召開的葵丘會議強烈地震撼著我的心。……去年十二月，我到了距河南省的古都東面一百公里的小村葵丘。那是個桐樹環繞的小小的、美麗的山崗。我到葵丘，是為了向二千六百年前的會議表示敬意。這古代的事件，使我相信人類，相信人類創造的歷史。作為一個文學家，我對此堅信不移。世界上經歷過多次戰爭災難的人們，有了一個共同的認識：追求個人幸福的時代已經結束了，沒有他人的幸福，怎麼能有自己的幸福？只追求自己國家的和平繁榮的時代已經結束了，沒有它國的和平繁榮，怎麼能有自己國家的和平繁榮？

通過其在會議上所作的主題發言，井上靖進而表示：

「在漫長的人類歷史中，當今時代的特點是處於核的情況下，可以稱之為核時代。因此，當代的文學只能是核時代的文學。在這種形勢下，我們生在同一時代的文學家以及手裡握著筆的時代的觀察家和記錄者，現在必須認真地思考人類的理想，真誠地討論現代社會和人類的未來。只有這種討論，才能加深民族間的相互理解，大大培養民族的協調和友愛。我堅信，「核時代的文學」應當是當代文學家經常捫心自問的首要命題。世界上經歷過多次戰爭災難的人們，有了一個共同的認識：追求個人幸福的時代已經結束了，沒有他人的幸福，怎麼能有自己的幸福？只追求自己國家的和平繁榮的時代已經結束了，沒有它國的和平繁榮，怎麼能有自己國家的和平繁榮？現在，地球上的人們終於有了這一共同的認識。心平氣和地捫心自問的時候，誰能反對這共存共榮的哲學呢？懂得這個道理，人類經歷了幾千年漫長的歲月。但是現在世界上的人們總算是明白了。

目前的問題是，這一被世界上大多數人接受的真理，什麼時候、以怎樣的形式變成現實。現在，地球上戰火不斷，人間的不幸接踵而來。但人類發現的真理總有一天、以某種形式實現的。葵丘是中國河南省黃河邊上的一個上崗。西元前六五一年，黃河流域的五個國家的當權者，在葵丘召開了一個關於黃河的會議。會議規定不破壞黃河的堤壩，不根據本國的利益改變堤壩。與會者在祭壇前盟誓，絕不使黃河水流入鄰國，絕不使用黃河水作為攻擊別國的武器。當時，這種盟約儀式一般要以動物為犧牲，啜歃血盟約，但葵丘之會沒有舉行這種威嚴的儀式，只是在祭壇上擺著寫著各自名字的紙片。據說在過去的三千年中，黃河氾濫了二千次；也有的說在過去的二千年中黃河氾濫了三千次。有的時代有記錄，有的時代沒有記錄，正確的數字不得而知。甚至有這樣的說法，治黃河者可以治天下，大興治水工程，變害為利。這樣一條河流，在兩千六百年前葵丘會議的時候具有何等巨大的威力是難以想像的。用黃河水淹沒河畔二、三個國家是輕而易舉之事。但在那個時代，卻能召開葵丘會議。更難能可貴的是，盟約在天下大亂，國與國之間相互爭雄稱霸的春秋戰國時代五百年間，並沒有打破。這古代的事件，使我相信人類，相信人類創造的歷史。去年十二月，我到了距河南省的古都東面一百公里的小村葵丘。那是個桐樹環繞的小小的，美麗的山崗。我到葵丘，是為了向兩千六百年前的會議表示敬意。」

關於長篇小說《孔子》的創作思想及其體驗，井上靖在訪問中國回答中國記者提問時曾作如是說：「在《孔子》最後一章中，有關故鄉燈火和葵丘會議的議論，能喚起讀者對現代社會的感慨和對未來的憧憬，書中確實融進了我對當今世界的進言和期待。雖然時隔二千五

百多年，孔子的許多話好像就是對當代人說的。以孔子儒家學說為核心的中國傳統文化是寶貴的文化遺產，也是全世界的寶貴精神財富。吸收繼承傳統文化中的精神營養並身體力行，有利於儘早實現《孔子》書中所希望的『融洽的人類社會、和平的國家關係、一個光明的世界』」。[33]

---

33 于青：《耳順迷〈論語〉著〈孔子〉》，載《人民日報》，1989年11月23日。

第六章
井上靖對戰爭的文學反思

一　《猜想井上靖的筆記本》

　　中國作家鐵凝曾於二〇〇七年撰寫《猜想井上靖的筆記本》[1]一文，探討日本作家井上靖一九三七年在石家莊的四個月做過什麼，又是否對這段經歷有過講述和記錄。文中提到她於二〇〇五年初秋，收到日本中國文化交流協會寄自東京的新一期《日中文化交流》會刊，隨刊寄來的還有一本關於日本著名作家井上靖文學生平的紀念冊，冊內一張照片上，井上靖身著日軍黃呢大衣，拍攝時間為一九三七年十一月二十五日，地點為石家莊野戰預備醫院。作家鐵凝由此第一次知道以熱愛中國歷史文化而聞名，並大量取材中國歷史進行創作的著名作家井上靖竟然曾是當年侵華日軍的一員。她進一步寫道，這是自己沒有聽說過的一個事實，也是很多喜歡井上靖的中國讀者並不瞭解的一段歷史。實際上，中國學界很早就開始關注井上靖及其文學作品，早在一九六二年《世界文學》便刊出了梅韜翻譯的井上靖短篇小說《核桃林》；其後，一九六三年作家出版社出版了樓適夷翻譯的歷史小說《天平之甍》全譯本；一九七七年人民文學出版社出版了唐月梅翻譯的《井上靖小說選》。由此，中國出現了一個井上靖文學作品翻譯高潮。截止到作家鐵凝第一次知道井上靖曾為侵華日軍的一員的二〇〇五年，井上靖的文學作品不斷被翻譯介紹到中國，其中就包含中國題材歷史小說，這類題材的作品甚至出現了多種譯本，譯本的質量

1　刊載於《人民日報》，2007年6月12日。

也很高，一九九〇年安徽人民出版社出版的鄭民欽主編的《井上靖文集》曾獲得全國優秀外國圖書二等獎。值得注意的是，幾乎所有的中文譯本都附有原著者井上靖的簡介，內容大致為作者的自然狀況、主要代表作品、獲獎情況等，並且對井上靖於二十世紀八〇年代在中日友好方面所做的貢獻給予肯定性的評價，但確實都沒有介紹井上靖曾為侵華日軍的一員之事。究其原因，其一，筆者認為這大概與翻譯介紹井上靖文學作品的歷史時期有一定關係。前文提到的井上靖文學作品翻譯高潮出現在二十世紀八〇年代，這個時期在中日交流關係史上被稱為「蜜月期」，並且，井上靖從一九八〇年起擔任日本中國文化交流協會會長，且任期長達十年。同時，井上靖創作了大量中國題材歷史小說，對傳播中國文化有著一定貢獻，因此，在這個時期提及其戰爭期間的經歷，似乎有些不合時宜。另外，也許是井上靖戰場經歷短暫的緣故，井上靖並沒有像其他戰後派作家那樣創作出以戰爭經歷和戰爭感受為素材的宏篇巨製，直接描寫戰爭感受的文學作品僅有數篇隨筆、散文詩，但這部分內容的作品目前並沒有被翻譯介紹到中國。大概出於這兩方面原因，一般的翻譯家在介紹井上靖情況時沒有提及其戰爭經歷。因此，包括作家鐵凝在內的多數中國讀者都不曾瞭解井上靖的這一段歷史。此外，井上靖對戰爭進行的文學反思這部分內容，目前，國內的研究還不夠充分，所以，也沒有引起一定的關注。

　　鐵凝在文章中進一步提出一個問題，即井上靖是否「對一九三七年自己的那段中國經歷有過講述和記錄，如果有，是以何種方式，又在哪裡？」在一番瞭解之後，鐵凝表示自己一無所獲，並認定井上靖的確沒有關於這段經歷的公開的文字，由此開始質疑「一個如此熱愛中國書寫中國的作家該不會真的對那段歷史採取虛無主義態度吧？」然而，事實上，井上靖並沒有對那段歷史採取虛無主義態度。作品對於作家的作用，正如武器之於士兵，對於作為作家的井上靖而言，通過所創作的文學作品來講述自己的那段中國經歷，表達自己對戰爭的

反思，也許是最好的方式。

　　井上靖在其作品中不僅沒有刻意隱瞞自己的從軍經歷，還經常在隨筆裡提到那段往事。井上靖在隨筆《難以忘卻的人》中「兩個不知姓名的士兵」一節裡講述了自己剛到中國大陸時的情景，到達當日，馬上就開始高強度持續行軍，在河北省豐台站下火車後，當晚夜宿車站附近的荒野。翌日，從河北沿京漢線南下，日行約三十公里，大約是從豐台出發的第十天，井上靖發現在行軍過程中丟失了槍栓，慌忙沿原路返回找尋，最終無果而返。另外，井上靖在其隨筆《二十年》（1957）中講述了自己輾轉到天津野戰醫院的往事。文章寫道，自己手中的部隊照片拍攝於一九三七年十二月天津野戰醫院屋頂上。盧溝橋事變後，井上靖以輜重部隊二等兵的身份應徵入伍，並立即被派往中國大陸，在河北省境內行軍四個月左右，戰火硝煙未盡，到處都是人馬屍首，但沒有直接參加戰鬥。行軍途中，井上靖罹患腳氣病倒，一個雪天，在河北元氏井上靖隻身離開部隊前往後方，輾轉石家莊、保定等地野戰醫院，最後到達照片上的天津野戰醫院。

　　在隨筆《雪中的原野》（1974）中，作者具體描寫在元氏離開部隊時的情景：……突然下達命令行軍三日前往順德，這一天，華北下了這一年的第一場雪，四周的平原一夜之間成了白色。二十天的駐紮生活，我在民家泥土房裡鋪上草席，躺在上面，手、腳、臉都如同氣球般鼓起。部隊開拔的那日清晨，我拿到軍醫開出的送往後方的證明，因此，只有我留在遠離駐地的元氏縣車站，在那裡找輛從前線來的貨車，前往後方石家莊野戰醫院。我隨同部隊行軍三十多分鐘，到達元氏縣車站後，在那裡與部隊分開。車站裡有兩名步兵，對他們來說，我一定是個很多餘的負擔。兩名步兵在地上給我搭床鋪，我目送部隊從被雪覆蓋的站台走向皚皚白雪中的原野。我第一次從第三者的角度注視自己所在的部隊。部隊行走在廣闊的雪地中央，看上去渺小而無力。隊列如同一條長長的鎖鏈，在雪白的丘陵中起伏，一部分沒

入山丘，一部分從山丘中湧出，不斷延伸向遠。我為自己被留在車站感到不安，現在目送著部隊感到另一種不安。[2]實際上，井上靖所目送的遠去的部隊不久全部戰死，而井上靖一人拖著病弱的身體，歷經九死一生終於到達後方野戰醫院。這對於井上靖來說，一定是其人生最痛苦的經歷之一。井上靖在其隨筆《老兵》（1953）、《夕暮富士》（1974）等作品中，也回憶了自己在中國的這段戰爭經歷。此外，還有以這些經歷為原型進行的小說創作，如短篇小說《一個士兵的死》（1949年）、《槍聲》（1951）、《無蓋列車》（1951）等。

另外，井上靖經常在隨筆裡抒發自己有幸回國的感受，在隨筆《我喜歡的一首短歌》（1969）、《富士之歌——難忘的歸還兵之作》（1980）裡，作者寫自己在日本伊豆半島天城山北麓一個山村裡度過幼年、少年時代，對富士山有著親人般的情感，戰後不久，在《婦人雜誌》投稿欄看到這樣一首短歌：活著歸國來，途中仰天呼哀哉，夕暮富士繞心懷。只看了一眼，這首短歌便深刻於內心深處，幾十年來時常想起。之所以感動，之所以喜歡，是因為自己也是從中國回來的士兵，仰望富士山同樣感慨萬分。與此同時，井上靖也非常關注戰後文學創作，在戰後文藝作品推薦調查中，他推薦了丹羽文雄的《哭壁》、大岡昇平的《俘虜記》、大佛次郎的《歸鄉》，大概是這幾部作品能夠引起同樣有過從軍經歷的井上靖的共鳴。

鐵凝在文章中還提到井上靖有個記錄當時一切的筆記本，她拜託佐藤女士尋找，結果卻沒有找到。鐵凝由此開始新的揣測：「那個筆記本，它當真存在過嗎？也許作為一個作家的井上靖，只是假想著它應該存在吧；而作為當年日軍一名兵團的二等兵，它實在又『不便』存在。」實際上，井上靖在其隨筆《作家筆記》[3]（1958）中提到過

---

2 筆者自譯。

3 〔日〕井上靖：《作家のノート》，《井上靖全集》（東京：新潮社，1999年），卷24，頁489。

這個筆記本,「以輜重兵身份應徵入伍,在中國北部與馬匹一同行軍時的事情,記錄在兩本每日新聞社社員筆記本上,字寫得很小,必須用放大鏡才能看清。筆記本保存至今,鉛筆寫的字跡雖然很淡,但還沒到無法閱讀的程度」。在《作家筆記》一文中,作家先是說每年一到正月就下決心要從這一年開始記日記,但一直沒能堅持下來,雖然沒能堅持記日記,但中學時代有一個筆記本,記錄著當時的種種感想,將這樣說不上是隨想,也稱說不上是日記的文章記錄在筆記本上的習慣,一直斷斷續續地持續到現在。之後,作者就例舉自己每個時期所記錄的筆記本,前文提及的記錄中國經歷的筆記本也在其中。可見,這個筆記本確實存在,井上靖也沒有刻意隱瞞這個筆記本。

二　《石庭》祭友

井上靖不僅在隨筆裡提及自己的戰爭經歷,還不斷以散文詩、隨筆、對談的形式撰文紀念在那場戰爭中陣亡的好友高安敬義,通過悼念亡友反思戰爭。於二十世紀四〇年代、五〇年代、六〇年代、七〇年代、八〇年代,井上靖先後發表隨筆《石庭》(1946)、《友人》(1946)、《生死之間》、《人和風土》(1959)、《我的青春放浪》(1962)、《亡友高安敬義》(1965)、《東寺的講堂和龍安寺的石庭》(1971),《對談〈從詩到小說〉》(1975年),散文詩《手》(1982)、《再獻給友人》(1983)等作品。一九四六年5月21日號《京都學園報紙》登載了井上靖兩首悼念陣亡友人的散文詩,題目分別為《石庭》和《友人》。這兩首散文詩是作者戰後第一次公開發表的散文詩,具有特殊的創作意義。以日本京都龍安寺為題材的散文詩《石庭》詩文內容並沒有直接與戰爭相關,只是副標題寫著「獻給故友高安敬義」,並附有很長的一篇附記介紹高安敬義。高安敬義畢業於京都大學哲學系,入伍前一直在洛北等持院專心從事創作,並留有兩本詩集,是井上靖

最為密切的友人，曾與井上靖共同創辦雜誌《聖餐》，在日本侵華戰爭末期（1943年11月）被征入伍，第二年（1944年5月）命喪中國河南省，時值三十歲。一九四五年七月，井上靖得知其死訊後，前往京都妙心寺，拜訪當時的京都大學副教授久松真一，尋訪龍安寺石庭。在隨筆《生死之間》裡，井上靖記錄下這段經歷：得知高安敬義死訊後，我請假休息，在空無一人的龍安寺石庭，一直和高安交談。

井上靖筆下的龍安寺石庭位於日本京都，始建於一四五〇年，呈長方形狀，以白砂鋪地，大小十五個石塊分成五組分佈其中。石庭是日本極具代表性的山水式庭院。關於石庭的設計者、建造年份以及設計構想，至今仍是未解之謎。石庭不僅是日本建築史上的傑作，也多次作為日本文化意象，出現在很多文學作品中。作家志賀直哉曾在隨筆《龍安寺的庭》中這樣描述石庭：「庭中並非沒有一草一木。我們可以看到散佈在渺茫大海中的座座島嶼，從那座座島嶼上則可以看到鬱鬱蔥蔥的森林」。[4]室生犀星也曾為石庭作詩，「石頭在發怒在閃耀，石頭又重歸安靜。石頭尖叫著要站起來。啊啊，石頭正想著回到天上」。[5]相對於這兩位作家筆下的石庭，井上靖作品中的石庭卻被賦予了更多的含義。井上靖在《東寺的講堂和龍安寺的石庭》一文中，對其創作的散文詩《石庭》的內容進行了闡釋，進一步說明自己大學時期就開始對石庭的設計者進行猜測。在其他的隨筆和散文中，井上靖也多次探究石庭設計者的創作初衷。設計者僅僅使用石與砂，就構建出了具有獨特風格的庭園。井上靖在文章中肯定了石庭的美，認為石庭是自己美學的啟蒙。與石庭的相遇激發了井上靖對傳統建築美學的認識與興趣。散文詩《石庭》前半部分大膽推測了設計者的創作意圖、創作過程等，這些推測都是基於實際存在的石庭和石庭之美，因

4 〔日〕志賀直哉：《志賀直哉全集》（東京：岩波書店，1974年），卷7，頁165。

5 〔日〕室生犀星：《室生犀星全集》（東京：新潮社，1966年），卷6，頁455。

此顯得合情合理，甚至讓讀者認為也許事實本就如此。這種大膽推測
與嚴謹史據考證的結合，也是井上靖創作中國題材歷史小說創作一種
方法。

　　井上靖與高安敬義相識於京都大學，先後入住龍安寺附近的公寓
後，二人第一次進入龍安寺，與石庭相遇。井上靖在作品中多次提到
石庭對他的心靈衝擊，是命運的相遇而非簡單的參觀。而在高安敬義
搬入公寓前，井上靖曾無數次路過龍安寺也聽說過石庭的奇特之處，
卻對此不抱有任何興趣。其後，井上靖與高安敬義幾乎每天傍晚都會
去龍安寺的石庭。傍晚時分，龍安寺內基本沒有其他人，面對只屬於
他們兩人的石庭，井上靖和高安敬義一起欣賞石庭的獨特佈局，討論
石庭的設計者和設計意圖，感受石庭的落寞精神，一起感受石庭的慰
藉，一起感受石庭之美。井上靖在散文詩《石庭》的注解中曾寫道：
「這是我關於石庭的思考呢？還是 T 君關於石庭的思考呢？這點弄不
清楚」。[6]與其說《石庭》這首散文詩的靈感不知來自於井上靖還是高
安敬義，不如說這首散文詩是井上靖與高安敬義共同創作的，井上靖
只是用文字表述了二人的思考。也就是說，二人對石庭的感悟是一致
的。二人在大學時代寫詩時都經常使用「磊磊」一詞，即石塊滿地堆
積的意思。與石庭命運般的相遇後，二人在思考深度上始終同步，一
起構造了擁有落寞精神的石庭。

　　其後，井上靖多次悼念這位密友，「一想起這位朋友的不幸，我
的心至今還在作痛」。這位年輕朋友何以如此不幸？當然是戰爭帶來
的不幸。這不幸帶給井上靖的也是刻骨銘心的痛。時隔三十餘年後，
井上靖再次撰文悼念亡友，《再獻給友人》開篇如下：昭和十二年
冬，我身著白衣從中國歸來，你最先到名古屋陸軍醫院探望。你說，
天不滅你，再踏故土。當時的我，對「天」一詞感覺異樣。時隔三

6　〔日〕井上靖：《井上靖全集》（東京：新潮社，1999年），卷25，頁52。

年，你以一兵卒身份前往中國，但卻沒能再回故國。用你自己的話來說，天要滅你，無緣再踏故土……

亡友的無緣再踏故土，也讓井上靖思考那些沒能有幸回歸故里的人在歷史上的價值。井上靖所創作的中國題材歷史小說《天平之甍》中有榮睿、普照、戒融、業行等僧人，《唐大和上東征傳》的記載中確實有榮睿、普照二人，作者讓這些歷史上實際存在的人物出現在小說中，並讓其肩負一定的歷史使命；但作者同時也塑造了戒融、業行等並沒有記載於歷史的人物，並讓其擔負一定的使命。小說中，作者設計業行抄寫大量的經書準備帶回國，然後讓其在回國途中沉入海底，致使其半生的努力都化為烏有。作者認為從古至今像業行這般為日本文化作出很大貢獻，但卻無緣名留史冊的人並非少數，於是讓他在小說中登場，以紀念這類人的存在。這些逝去的人無時無刻不在激勵著活著的人，活著的人亦不斷緬懷逝者，不斷反省過往，包括戰爭。

三　對戰爭的文學反思

一九三八年一月，井上靖從中國戰場返回日本，退役後回到每日新聞社學藝部，開始長達十年之久的新聞記者工作。最初，井上靖擔任宗教記者，負責佛教經典解說，一年後，轉而負責執筆美術評論，發表了大量的詩評和畫論。雖然這十年新聞記者時期是井上靖文學創作的空白期，但也可以說是其作家生涯的潛伏期和醞釀期，這十年的積累、沉澱、思考、孕育，使得井上靖在登上文壇後很快創作出大量優秀的作品。這十年間，井上靖所思考的問題中也有關於戰爭的問題，特別是在其後創作的西域題材歷史小說中體現出其對戰爭的思考。一九四九年，井上靖創作的小說《鬥牛》發表在《文學界》上，並獲得創作文學獎。一九五〇年二月，榮獲日本第二十二屆芥川文學獎。由此，井上靖一舉登上日本文壇，踏上了專業作家之路。同年四

月，井上靖在《新潮》上發表其第一篇中國題材短篇歷史小說《漆胡樽》。這篇短篇小說是以同名散文詩為原型進行創作的。一九四六年秋，日本奈良正倉院舉辦宮廷用品展。井上靖作為每日新聞社學藝部的記者前去採訪，看到名為漆胡樽的器具時，陷入了深深的思考：兩千多年前西域的酒宴用具，怎麼會收藏在日本古代宮廷的寶物庫之中？於是，井上靖開始展開想像，讓漆胡樽回歸西域沙漠，見證歷史。讓這個器具經歷前漢盛期、後漢末期，最後於日本天平年間，由遣唐使帶回日本，收藏於正倉院深處，直至一九四六年，才得以沐浴在秋天白色的陽光下。小說最後寫道，考古學者戶田龍英所講的有關漆胡樽的故事，在某種意義上，也許就是他在中國所經歷的前半生的記錄。我們又何嘗不可以將其理解為這是作者井上靖在大陸那四個月經歷戰爭的內心感受的表白？如前所述，井上靖出生於北海道上川郡旭川町的軍醫世家，出生不足兩月，韓國各地發生暴亂，父親從軍，並先後在旭川、東京、靜岡、豐橋等地任職，之後，他五歲起便被寄養在毫無血緣關係的庶祖母那裡，一直到小學六年級。少年時代也不得不離開父母，寄宿於伯母家中。因此，井上靖從小就體會到那種因為戰爭不得不與自家人分離的孤獨和不安，也因此對戰爭始終保持著一種緘默的態度。在小說中，井上靖則從一個老婆婆的視角描寫了戰爭帶給人們的不安和恐慌。元嘉二年，一小吏經過某村落時，在一老婆婆家裡發現漆胡樽。老婆婆的兩個兒子被徵兵離家。她年輕時，丈夫也曾多次被徵兵，沒有一次能夠團圓兩年的機會。白天老婆婆見到北上的士兵，心想裡邊也許會有自己的孩子，便在土牆前面站了整整一天，卻並沒有看見兩個兒子中的任何一個，所有士兵經過之後，一種惶恐不安突然強烈地向她襲來，兩個兒子會不會已經死了？正如見過的那些士兵的慘狀，不知道倒在什麼地方死掉了，老婆婆霎時覺得明亮的月光一下子都變成利刃，從四面八方向自己刺來。目睹老婆婆心緒變化的小吏便乘機偷走了漆胡樽。

其後，小說描寫遣唐使將漆胡樽帶回日本，其中有個名為大聖寺的師父，他雖入僧籍，但是身份卑賤。他自感自己不像其他留學僧和留學生那樣擔負著把萬卷漢籍經典帶回本國的重大使命，既不具備那樣的熱情，也不像其他隨行人員那樣期望著以新的知識取得榮譽和地位。他只帶著一對漆胡樽。我們從這位師父的身上也能看到作家井上靖自身的痕跡。戰時，井上靖雖然應徵入伍，但身份是二等兵。另外，從井上靖對待戰爭散漫的態度來看，他對戰爭沒有那樣的熱情，也許也不像其他士兵那樣有著為天皇效忠的意識，更沒有期望這段經歷給自己帶來榮譽和地位。這也許正是井上靖和其他參與過侵華戰爭的戰後派作家的不同之處，也許也是井上靖沒有直接以這段經歷為素材進行創作的原因之一。但這並不意味著井上靖對那場戰爭沒有思考，相反，或許讓遣唐使中有著遁世傾向的師父帶回那對象徵西域的漆胡樽，也許正是井上靖想要通過西域象徵物表明自己對戰爭的思考的一種方式。也許西域題材歷史小說的創作是井上靖表達戰爭反思的最好方式。井上靖在與岩村忍合著的《西域》跋中曾提及其從高中時代就開始閱讀西域方面的旅行記，一直始終不懈。在與日本中國學學者吉川幸次郎座談「中國文學與日本文學」關係時井上靖也曾回憶說自己中學時代就受中國文化的影響，「並不是在課堂上，而是自然地深入其中，受到薰陶的」。[7]他還說「從學生時代起，就喜歡閱讀有關西域的東西。不知從何時起，對處於西域入口處的敦煌附近的幾個都邑，分別有了自己的印象。這些印象全是從書本上得來的，並且極其自然地在我心中產生了。」「西域，這個詞一直充滿著未知、夢、謎、冒險之類的東西。在那個時代，我就想，能不能真的到西域去旅行呢？」[8]一九三七年被徵兵到中國的井上靖是第一次到自己心儀許

7　周發祥編：《中外比較文學譯文集》（北京市：中國文聯出版公司，1988年），頁347。

8　井上靖：《遺跡の旅・シルクロード》（東京：新潮文庫，1986年），頁260。

久的國度，看到戰爭中滿目瘡痍的石家莊，井上靖的內心會是怎樣的失望？中國古代文化的輝煌、西域地域的神秘，戰爭的殘酷、書本和現實的差距……短短四個月的從軍經歷中，井上靖日夜思考的也許正是這些問題。思考的最終結果就是用自己長久以來魂牽夢縈的西域來表達自己的思考。一九五〇年第一篇西域題材小說《漆胡樽》問世，井上靖成為日本戰後文學中第一個寫中國歷史題材的小說家。山本健吉評價「由此可見，井上靖嶄露頭角就開始抒寫嚮往西域的夢。」[9]到一九八九年井上靖絕筆之作《孔子》為止，井上靖幾乎所有的中國題材歷史小說都描寫到了戰爭場景，並從中表現其對戰爭的思考。為什麼選擇歷史小說的形式？井上靖也有自己的思考，他曾說自己「寫歷史小說的原因，是因為能夠從日本或中國的歷史人物中找出人類種種欲望的根源和極限。」

　　井上靖的絕筆之作《孔子》更是集中體現了他對戰爭的思考以及對和平的憧憬。井上靖在《致中國讀者》一文中說「我晚至七十讀《論語》，為之傾倒」。[10]他還說：「我深感《論語》中孔子對人生的見解力，神奇魅力的現代式語言中蘊藏著全部理想和感受。深深地打動著我們這些即將對人生進行總清算的老人的心」。[11]井上靖之前的中國題材歷史小說幾乎都沒有現場取材，而是僅憑史料記載和作家才能進行創作。《孔子》是其唯一一部經過反復取材、確認後才進行創作的中國題材歷史小說。井上靖決定以「孔子」為題材進行小說創作後，廣泛收集國內外相關史料，全身心地研究有關孔子和《論語》的文獻。然而，就在第一部分書稿交付出版社的當天，即一九八六年九月二十九日，井上靖被檢查出患有食道癌，其後做了食道切除手術。也

9　井上靖著，耿金聲、王慶江譯：《井上靖西域小說選 解說》（烏魯木齊市：新疆人民出版社，1984年），頁569。

10　〔日〕井上靖：《致中國讀者》，《人民日報》，1990年3月2日。

11　同上

就是從那時起，井上靖真正領悟到孔子的「天命」思想。「最後，我已無能為力，只有聽任『天命』的安排，……橫躺在手術臺上，任由麻藥奪走意識。」[12]癌症手術之後的井上靖對「天命」的理解，決定了其後《孔子》創作的重心。手術恢復後的井上靖立即重新投入到《孔子》的創作中。他立志在有限的生命裡寫出自己所理解的孔子。也就是說，在小說創作過程中，井上靖和天命的抗爭與筆下的《孔子》命運同時展開。是「天命」中無法逃避的「死」先吞噬掉井上靖，還是井上靖搶先完成自己的絕筆之作《孔子》？在《孔子》創作的全過程中，他一直在與「天命」中註定的死亡競爭。「孔子畢生最偉大的業績，產生於孔子生平最悲傷、最孤寂的時期，而正是這些悲傷、孤寂支撐著他。」[13]孔子周遊列國回到久別的魯都後，將自己整個生涯的積累集中於講學授業。然而，就在一切開始走向正軌的時候，集孔子所有期待於一身的愛子──鯉（伯魚）卻撒手人寰；兩年後，孔子認為最好學的愛徒顏回因貧窮而逝；另一愛徒子路也相繼身亡。正是在這最悲傷、最孤寂的時期，孔子完成了他的講學大業。同樣地，對井上靖而言，《孔子》是其作家生涯的頂峰之作，也是其在意識到自己生命盡頭來臨之際，將自己的身、心，乃至生命融入筆端，抒寫出的超越生死的無悔之作。從這個意義上說，絕筆之作《孔子》可以看作是作家井上靖小說形式的遺書。

　　小說《孔子》正式發表的十五年前，井上靖曾就「逝者如斯夫」這句話寫過一篇隨筆：「每一次想起這句話，都會多少有些不同的體會。……失意的時候，感到人生無常地流轉；得意的時候，感到人生無限的動力。之所以常常想起這句話，就是因為它的內涵隨著人生境遇的不同而不同」。《孔子》正式發表的三年前，井上靖再次就此寫了

12 〔日〕井上靖：《和自己相會》，《朝日新聞晨報》，1989年12月25日。

13 〔日〕井上靖：《孔子》，《井上靖全集》（東京：新潮社，1999年），卷22，頁299。

一篇隨筆。「孔子的『逝者如斯夫』，每一個時代，都有些許不同的詮釋，這正是孔子最偉大的地方。我是在核時代接受孔子思想的，但我認為孔子的『逝者如斯夫』的底蘊是：無論在什麼時代，都要相信人類，相信人類創造出的歷史。如果沒有這樣的信任，我們就不能坦然邁進二十一世紀，兩千五百年前的孔子思想也不會延續至今」。

西元前六五一年，黃河流域五個國家的當權者召開了葵丘會議，約定不以黃河水為武器，不為本國利益任意改變堤壩。孔子就是在那一年誕生的，春秋戰國，群雄四起。孔子希望混亂的社會能夠安定，並創建一個能夠使庶民百姓感到幸福的社會。基於這種思想，他提出了「仁道」。「仁」闡明的是人的本質，人與人之間的關係以及人生的價值與意義，是孔子思想的核心，也是孔子哲學思想的精髓。「仁」的主旨在「愛人」，「己欲立而立人，己欲達而達人」。主張恢復人與人之間的秩序，確立父父子子的關係，從生活、家庭方面確定人的道德觀念。政治家必須把「仁」融進政治，從政者抱仁愛之心，施行仁政，擴大到整個社會，「博施於民而能濟眾」。在那樣的時代，孔子就認為，只要相信人類，總有一天會建立起和平的理想社會。「建立和平的理想社會」正是漸入人生佳境的井上靖一直思考的問題，亦是他對戰爭的反思。

另外，一九八四年，井上靖在國際筆會東京大會致開幕詞時說：作為一個核時代的文學家，中國古書《孟子》中所記載的二千六百年前召開的葵丘會議強烈地震撼著我的心。……去年十二月，我到了距河南省的古都東面一百公里的小村葵丘。那是個桐樹環繞的小小的、美麗的山崗。我到葵丘，是為了向二千六百年前的會議表示敬意。這古代的事件，使我相信人類，相信人類創造的歷史。作為一個文學家，我對此堅信不移。世界上經歷過多次戰爭災難的人們，有了一個共同的認識：追求個人幸福的時代已經結束了，沒有他人的幸福，怎麼能有自己的幸福？只追求自己國家的和平繁榮的時代已經結束了，

沒有它國的和平繁榮，怎麼能有自己國家的和平繁榮？

　　井上靖在回答中國記者提問時曾說道：「在《孔子》最後一章中，有關故鄉燈火和葵丘會議的議論，能喚起讀者對現代社會的感慨和對未來的憧憬，書中確實融進了我對當今世界的進言和期待。雖然時隔二千五百多年，孔子的許多話好像就是對當代人說的。以孔子儒家學說為核心的中國傳統文化是寶貴的文化遺產，也是全世界的寶貴精神財富。吸收繼承傳統文化中的精神營養並身體力行，有利於儘早實現《孔子》書中所希望的『融洽的人類社會、和平的國家關係、一個光明的世界』」。[14] 由此可見，井上靖的絕筆之作《孔子》更是集中體現了他對生命、對人類、對戰爭的思考，也表達了他深入反思之後對人類社會的希翼。

---

14 于青：《耳順述〈論語〉著〈孔子〉》，載《人民日報》，1989年11月23日。

參考文獻

中文部分

1 〔美〕克林斯・布魯克斯，羅伯特・潘・華倫編　《小說鑑賞》
　　主萬等譯　北京市：中國青年出社　1986年

2 〔奧〕西格蒙德・弗洛伊德撰，張喚民等譯　《弗洛伊德美文
　　選》　北京市：知識出版社　1987年1月

3 〔英〕特里・伊格爾頓撰，伍曉明譯　《二十世紀西方文學理
　　論》　西安市：陝西師範大學出版　1987年8月

4 〔美〕W.C. 布斯撰，華明等譯　《小說修辭學》　北京市：北京
　　大學出版社　1987年10月

5 〔美〕伊恩・P・瓦特撰，高原、董紅鈞譯　《小說的興起》
　　北京市：三聯書店　1992年6月

6 〔美〕貝拉　《德川宗教：現代日本的文化淵源》　北京市：三
　　聯書店　1998年

7 〔美〕勒內・韋勒克撰，張金言譯　《批評的概念》　北京市：
　　北京中國美術學院出版社　1999年12月

8 〔美〕柯文　《歷史三調》　南京市：江蘇人民出版社　2000年
　　7月

9 〔美〕夏志清　《文學的前途》　上海市：三聯書店　2002年12月

10 〔英〕馬克・柯里撰，寧一中譯　《後現代敘事理論》　北京
　　　市：北京大學出版社　2003年8月

11 〔英〕拉曼・塞爾登撰，劉象愚等譯　《文學批評理論──從柏
　　　拉圖》　北京市：北京大學出版社　2003年10月

12 〔美〕M.H. 艾布拉姆斯撰，酈稚牛等譯 《鏡與燈──浪漫主義文論及批評傳統》 北京市：北京大學出版社 2004年1月

13 〔美〕宇文所安 《中國「中世紀」的終結》 上海市：三聯書店 2004年12月

14 〔美〕詹姆斯・費倫撰，陳永國譯 《作為修辭的敘事》 北京市：北京大學出版社 2005年1月

15 〔美〕魯思・本尼迪克特撰，呂萬和等譯 《菊與刀》 北京市：商務印書館 2005年2月

16 〔美〕哈羅德・布魯姆撰，江寧康譯 《西方正典》 北京市：譯林出版社 2005年4月

17 〔美〕弗拉基米爾・納博科夫撰，申慧輝譯 《文學講稿》 上海市：三聯書店2005年4月

18 〔美〕夏志清 《新文學的傳統》 北京市：新星出版社 2005年5月

19 〔美〕夏志清 《中國現代小說史》 上海市：復旦大學出版社 2005年7月

20 〔美〕勒內・韋勒克、〔美〕奧斯汀・沃倫撰，劉象愚等譯 《文學理論》 南京市：江蘇教育出版社 2005年8月

21 〔意〕安貝托・艾柯撰，俞冰夏譯 《悠然小說林》 北京市：三聯書店 2005年10月

22 〔意〕安貝托・艾柯撰，王宇根譯 《詮釋與過度詮釋》 北京市：三聯書店 2005年11月

23 〔德〕艾田伯撰，胡玉龍譯 《比較文學之道：艾田伯文化論集》 北京市：三聯書店 2006年1月

24 〔日〕青木乙兒撰，梁盛志譯 《中國文學與日本文學》 北京市：國立華北編譯館 1942年4月

25 〔日〕實藤惠秀撰，譚汝謙等譯　《中國人留學日本史》　上海
　　市：三聯書店　1983年

26 〔日〕鈴木大拙等撰，徐進夫譯：《禪與藝術》　哈爾濱市：北
　　方文藝出版社　1988年5月

27 〔日〕鈴木修次　《中國文學與日本文學》　福州市：海峽文藝
　　出版社　1989年

28 〔日〕井上靖等著，周世榮譯　《日本人與日本文化》　北京
　　市：中國社會科學出版社　1991年2月

29 〔日〕源了圓撰，郭連友等譯　《日本文化與日本人性格的形
　　成》　北京市：北京出版社　1992年

30 〔日〕加藤周一撰，葉渭渠、唐月梅譯　《日本文學史序說》
　　北京市：開明出版社　1995年1月

31 〔日〕千葉宣一撰，葉渭渠編　《日本現代主義的比較文學研
　　究》　北京市：中國社會科學出版社　1997年

32 〔日〕梅原猛撰，卞立強、趙瓊譯　《諸神流竄──論日本《古
　　事記》》　北京市：經濟日報出版社　1999年9月

33 〔日〕柄谷行人撰，趙京華譯　《日本現代文學的起源》　北京
　　市：三聯書店　2003年1月

34 〔日〕興膳宏撰，李寅生譯　《中國古典文化景致》　北京市：
　　中華書局　2005年7月

35 葉渭渠　《日本文學思潮史》　北京市：經濟日報出版社　1997
　　年3月

36 葉渭渠　《物哀與幽玄──日本人的美意識》　桂林市：廣西師
　　範大學出版社　2002年9月

37 葉渭渠　《日本文化史》　桂林市：廣西師範大學出版社　2005
　　年8月

38 葉渭渠主編　《日本書明》　北京市：中國社會科學出版社
　　1999年10月

39 葉渭渠、唐月梅　《日本文學史》　北京市：經濟日報出版社
　　2000年1月

40 謝志宇　《二十世紀日本文學史——以小說為中心》　杭州市：
　　浙江大學出版社2005年8月

41 何德功　《中日啟蒙文學論》　上海市：東方出版社　1995年

42 王向遠　《中日現代文學比較論》　長沙市：湖南教育出版社
　　1998年

43 王向遠　《源頭活水——日本當代歷史小說與中國歷史文化》
　　銀川市：寧夏人民出版社　2006年9月

44 鄭清茂　《中國文學在日本》　臺北市：純文學出版社　1982年

45 周發祥編　《中外比較文學譯文集》　北京市：中國文聯出版公
　　司　1988年

46 李德純　《戰後日本文學》　瀋陽市：遼寧人民出版社　1988年
　　2月

47 嚴紹璗、中西進　《中日文學交流史大系・文學卷》　杭州市：
　　浙江人民出版社　1996年

48 蔡毅編譯　《中國傳統文化在日本》　北京市：中華書局　2002
　　年4月

49 王曉平　《梅紅櫻粉——日本作家與中國文化》　銀川市：寧夏
　　人民出版社　2002年8月

50 方濟安　《選擇・接受・轉化——晚清至二十世紀三〇年代初中
　　國文學與日本文學關係》　武漢市：武漢大學出版社
　　2003年6月

51 董炳月　《「國民作家」的立場——中日現代文學關係研究》
　　北京市：三聯書店　2006年5月

52 吳秀明編選　《歷史小說評論選》　長沙市：湖南人民出版社
　　1983年9月

53 張隆溪編選　《比較文學論文集》　北京市：北京大學出版社　1984年5月

54 周英雄　《比較文學與小說詮釋》　北京市：北京大學出版社　1990年3月

55 王安憶　《紀實和虛構》　北京市：人民文學出版社　1993年6月

56 陳平原　《中國小說敘事模式的轉變》　北京市：北京大學出版社　2003年7月

57 盛　寧　《文學：鑒賞與思考》　上海市：三聯書店　2003年9月

58 陳平原　《小說史：理論與實踐》　北京市：北京大學出版社　2005年1月

59 申　丹　《敘述學與小說文體學研究》　北京市：北京大學出版社　2005年1月

60 靳鳳林　《死，而後生——死亡現象學視閾中的生存倫理》　北京市：人民出版社　2005年2月

61 申丹等　《英美小說敘事理論研究》　北京市：北京大學出版社　2005年10月

62 張德禮　《二月河歷史敘事的文化審美建構》　北京市：人民出版社　2005年11月

63 馬振方　《在歷史與虛構之間》　北京市：北京大學出版社　2006年1月

64 王　青　《西域文化影響下的中古小說》　北京市：中國社會科學出版社　2006年3月

65 施津菊　《中國當代文學的死亡敘事與審美》　北京市：中國社會科學出版社　2007年2月

66 王向遠　《中國題材日本文學史》　上海市：上海古籍出版社　2007年9月

67 馮承鈞　《成吉思汗傳》　北京市：商務印書館　1934年4月

68 〔明〕宋濂 《元史》 北京市：中華書局 1976年4月

69 道潤梯步譯注 《蒙古秘史》 呼和浩特市：內蒙古人民出版社 1979年

70 〔伊朗〕志費尼撰，何高濟譯 《世界征服者史》 呼和浩特市：內蒙古人民出版社 1980年5月

71 〔日〕小林高四郎撰，阿卡爾譯 《成吉思汗》 呼和浩特市：內蒙古人民出版社 1982年8月

72 〔波斯〕拉施特主編 《史集》 北京市：商務印書館 1983年1月

73 蘇赫巴魯 《成吉思汗傳說》 長春市：吉林人民出版社 1984年8月

74 黃時鑒 《耶律楚材》 上海市：上海人民出版社 1986年4月

75 〔日〕榎本舍三撰，巴圖譯 《成吉思汗》 呼和浩特市：民族出版社 1987年7月

76 〔法〕勒內・格魯塞撰，譚發瑜譯 《馬上皇帝》 石家莊市：河北人民出版社 1987年

77 〔法〕勒內・格魯塞撰，龔鉞譯 《蒙古帝國史》 北京市：商務印書館 1989年8月

78 〔法〕布魯丁、〔俄〕伊萬寧合著，都固爾札布、巴圖譯：《大統帥成吉思汗兵略》 呼和浩特市：內蒙古人民出版社 1991年7月

79 朱耀廷 《成吉思汗全傳》 北京市：北京出版社 1991年11月

80 〔法〕 勒內・格魯塞撰，藍琪譯 《草原帝國》 北京市：商務印書館 1995年5月

81 馮承鈞譯 《多桑蒙古史》 上海市：上海書店出版社 2004年5月

82 〔美〕傑克・威澤弗德撰，溫海清、姚建根譯 《成吉思汗與今日世界之形成》 重慶市：重慶出版社 2006年2月

83 〔法〕歐梅希克 《蒙古蒼狼》 桂林市：廣西師範大學出版社 2006年12月

84 匡亞明 《孔子評傳》 南京市：南京大學出版社 1985年3月

85 伍曉明 《吾道一以貫之：重讀孔子》 北京市：北京大學出版社 2003年3月

86 楊朝明、修建軍主編 《孔子與孔門弟子研究》 濟南市：齊魯書社 2004年12月

87 曲春禮 《孔子傳》 濟南市：山東友誼出版社 2006年1月

88 南懷謹 《論語別裁》 上海市：復旦大學 2006年11月

89 傅佩榮 《細說孔子》 上海市：三聯書店 2007年5月

日文部分

1 井上靖 《化石》 角川文庫 1966年6月

2 井上靖 《歷史小說の周囲》 東京：講談社 1973年1月

3 井上靖 《わが母の記》 東京：講談社 1975年3月

4 井上靖 《わが文學の軌跡》 東京：中央公論社 1977年4月

5 井上靖 《天平の甍》 東京：中央公論社 1977年11月

6 井上靖 《歷史の光と影》 東京：講談社 1979年4月

7 井上靖 《作家點描》 東京：講談社 1981年4月

8 井上靖 《井上靖歷史小說集1-11卷》 東京：岩波書店 1982年4月

9 井上靖 《井上靖歷史小說集2卷》 東京：岩波書店 1982年4月

10 井上靖 《井上靖歷史小說集3卷》 東京：岩波書店 1982年4月

11 井上靖 《井上靖歷史小說集4卷》 東京：岩波書店 1982年4月

12 井上靖 《井上靖歷史小說集5卷》 東京：岩波書店 1982年4月

13 井上靖 《井上靖歷史小說集6卷》 東京：岩波書店 1982年4月

14 井上靖　《井上靖歷史小說集7卷》　東京：岩波書店　1982年4月

15 井上靖　《井上靖歷史小說集8卷》　東京：岩波書店　1982年4月

16 井上靖　《井上靖歷史小說集9卷》　東京：岩波書店　1982年4月

17 井上靖　《井上靖歷史小說集10卷》　東京：岩波書店　1982年
　　　4月

18 井上靖　《井上靖歷史小說集11卷》　東京：岩波書店　1982年
　　　4月

19 井上靖　《私の西域紀行上卷》　文藝春秋　1983年10月

20 井上靖　《私の西域紀行下卷》　文藝春秋　1983年10月

21 井上靖　《井上靖歷史紀行文集1卷》　東京：岩波書店　1992年
　　　3月

22 井上靖　《井上靖歷史紀行文集2卷》　東京：岩波書店　1992年
　　　3月

23 井上靖　《井上靖歷史紀行文集3卷》　東京：岩波書店　1992年
　　　3月

24 井上靖　《井上靖歷史紀行文集4卷》　東京：岩波書店　1992年
　　　3月

25 井上靖　《井上靖全集1卷》　東京：新潮社　1995年4月

26 井上靖　《井上靖全集2卷》　東京：新潮社　1995年4月

27 井上靖　《井上靖全集3卷》　東京：新潮社　1995年4月

28 井上靖　《井上靖全集4卷》　東京：新潮社　1995年4月

29 井上靖　《井上靖全集5卷》　東京：新潮社　1995年4月

30 井上靖　《井上靖全集6卷》　東京：新潮社　1995年4月

31 井上靖　《井上靖全集7卷》　東京：新潮社　1995年4月

32 井上靖　《井上靖全集8卷》　東京：新潮社　1995年4月

33 井上靖　《井上靖全集9卷》　東京：新潮社　1995年4月

34 井上靖　《井上靖全集10卷》　東京：新潮社　1995年4月

35 井上靖　《井上靖全集11卷》　東京：新潮社　1995年4月

36 井上靖　《井上靖全集12卷》　東京：新潮社　1995年4月

37 井上靖　《井上靖全集13卷》　東京：新潮社　1995年4月

38 井上靖　《井上靖全集14卷》　東京：新潮社　1995年4月

39 井上靖　《井上靖全集15卷》　東京：新潮社　1995年4月

40 井上靖　《井上靖全集16卷》　東京：新潮社　1995年4月

41 井上靖　《井上靖全集17卷》　東京：新潮社　1995年4月

42 井上靖　《井上靖全集18卷》　東京：新潮社　1995年4月

43 井上靖　《井上靖全集19卷》　東京：新潮社　1995年4月

44 井上靖　《井上靖全集20卷》　東京：新潮社　1995年4月

45 井上靖　《井上靖全集21卷》　東京：新潮社　1995年4月

46 井上靖　《井上靖全集22卷》　東京：新潮社　1995年4月

47 井上靖　《井上靖全集23卷》　東京：新潮社　1995年4月

48 井上靖　《井上靖全集24卷》　東京：新潮社　1995年4月

49 井上靖　《井上靖全集25卷》　東京：新潮社　1995年4月

50 井上靖　《井上靖全集26卷》　東京：新潮社　1995年4月

51 井上靖　《井上靖全集27卷》　東京：新潮社　1995年4月

52 井上靖　《井上靖全集28卷》　東京：新潮社　1995年4月

53 井上靖　《井上靖全集別卷1》　東京：新潮社　1995年4月

54 中野好夫編　《日本文學全集83──井上靖》　東京：集英社
　　1987年12月

55 井上靖編　《現代日本文學大系86──井上靖・永井龍男集》
　　東京：築摩書房　1980年3月

56 伊藤整編　《日本現代文學全集102──井上靖・田宮虎彥集》
　　東京：講談社　1980年5月

57 伊藤整編　《日本現代文學全集33──丹羽文雄・井上靖集》
　　東京：講談社　1980年12月

58 曾根博義編　《鑑賞日本現代文學27——井上靖・福永武彥》　角川書店　1985年9月

59 井伏鱒二編　《昭和文學全集10——井上靖》　東京：小學館　1987年4月

60 高橋英夫編　《群像日本の作家20——井上靖》　東京：小學館　1991年3月

61 曾根博義編　《新潮日本文學アルバム48——井上靖》　東京：新潮社　2000年6月

62 白神喜美子　《花過ぎ井上靖覚え書》　東京：紅書房　1993年8月

63 宮嵜潤一　《若き日の井上靖——詩人の出発——》　東京：土曜美術社出版販売　1995年1月

64 福田宏年　《井上靖の世界》　東京：講談社　1972年9月

65 福田宏年　《増補・井上靖評伝覚》　東京：集英社　1991年10月

66 高木伸幸　《井上靖研究序説・材料の意匠化の方法》　東京：武蔵野書房　2002年7月

67 山川泰夫　《晩年の井上靖——『孔子の道』》　東京：求龍社　1993年1月

68 武田勝彦　《井上靖文學海外の評価》　楓林社　1983年1月

69 村上嘉隆　《井上靖の存在空間》　東京：批評社　1980年1月

70 工藤茂　《挽歌の系譜——井上靖の世界——》　日験　1983年4月

71 長谷川泉　《井上靖研究》　東京：南窓社　1974年4月

72 坂入公一　《井上靖ノート》　風書房　1978年3月

73 厳谷大四　《井上靖文學語彙事典》　スタジオ VIC　1980年2月

74 大里恭三郎　《井上靖と深沢七郎》　審美社　1984年9月

75 長谷川泉　《近代名作鑑賞——井上靖》　東京：至文堂　1977
　　　年8月

76 上谷順三郎　《現代小說の表現——井上靖》　東京：教育出版
　　　センター　1999年11月

77 奧野健男　《奧野健男作家論集4——井上靖》　泰流社　1977
　　　年1月

78 那珂通世　《成吉思汗實錄》　東京：大日本圖書株式會社
　　　1908年

79 番匠谷英一　《楊貴妃——芸楽道場厳書第三編》　東京：春陽
　　　堂　1922年11月

80 增井經夫　《中国の歷史と民眾》　東京：吉川弘文館　1933年
　　　3月

81 ルカチ撰，山村房次訳　《歷史文學論》　東京：三笠書房
　　　1938年11月

82 圭室締成　《日本仏教論》　東京：三笠書房　1939年2月

83 ラルソン撰，高山洋吾訳　《蒙古風俗誌》　東京：改造社
　　　1939年11月

84 外務省調查部　《蒙古社會制度史》　生活社　1941年8月

85 小林高四郎　《蒙古の秘史》　生活社　1941年12月

86 楊井克巳　《匈奴研究史》　生活社　1942年1月

87 岩村忍　《蒙古史雜考》　白林書房　1943年2月

88 小林高四郎　《元朝秘史の研究》　東京：日本學術振興會
　　　1954年5月

89 瀧川鬼太郎　《史記會注考証》　東京：東京大學東洋文化研究
　　　所　1960年2月

90 長谷川泉　《近代日本文學批評史》　東京：有精堂　1977年12月

91 加藤周一　《加藤周一著作集》　東京：平凡社　1978年12月

92 木村毅　《小說研究十六講》　恒文社　1980年7月

93 吉田精一　《近代文芸評論史》　東京：至文堂　1980年12月

94 大久保典夫　《現代文學研究事典》　東京：東京堂　1983年7月

95 磯田光一　《昭和作家論文集成》　東京：新潮社　1985年6月

96 石井洋二郎　《文學の思考》　東京：東京大學出版會　2000年2月

97 大岡昇平　《花便り──成城だより──》　《文學界》1980年6月

98 熊木哲　《研究資料現代日本文學2──井上靖》　《明治書院》1980年9月

99 長谷川泉　《井上靖氏の歷史小說》　《日中文化交流》1981年9月

100 田大久保英夫　《乱世の中の純化──井上靖『本覚坊遺文』》　《新潮》1982年2月

101 磯田光一　《乱世の生死のありか──井上靖『本覚坊遺文』》　《群像》1982年2月

102 福田宏年　《死にひそむエネルギー──井上靖著『本覚坊遺文』》　《文學界》1982年2月

103 大岡昇平　《『愛する女であれ』──成城だよりⅡ5》　《文學界》1982年7月

104 清岡卓行　《井上靖の詩》　《文學界》1984年1月-8月

105 團伊玖磨　《思いと語りかけと──井上靖『私の西域紀行』を読んで》　《日中文化交流》1984年3月

106 野口富士男　《感觸的昭和文壇史20──昭和三〇年代以後（二）》　《文學界》1985年12月。

107 清岡卓行　《井上靖の詩》　《文學界》1986年12月

108 清岡卓行　《井上靖の詩》　《文學界》1987年2月-6月

109 米田利昭　《井上靖と益田勝実——『補陀落渡海記』とフダラ
　　　ク渡りの人々》　《文學界》1989年3月

110 高橋英夫　《合一と孤独の二重体験——井上靖『孔子』——》
　　　《群像》1989年11月

111 于青　《日本の著名な作家井上靖氏を訪ね》　《日中文化交
　　　流》1990年1月

112 孫平化　《井上靖先生宅を訪ねて》　《日中文化交流》1991年
　　　2月

113 工藤茂　《井上靖と中国仏教》　《国文學解釈と鑑賞》1990年
　　　12月

114 井上靖　《負函》　《新潮》1991年4月

115 井上卓也　《グッドバイ、マイ·ゴッドファーザー父井上靖》
　　　《文芸春秋》1991年特別號

116 巴　金　《井上靖先生を偲ぶ》　《日中文化交流》1991年4月

117 辻邦生　《追悼 井上靖——詩と物語の間》　《中央公論》
　　　1991年4月

118 林林　《井上靖先生は永遠に私たちとともに在る》　《日中文
　　　化交流》1991年5月

119 杜宣　《悼井上靖先生》　《日中文化交流》1991年5月

120 冰心　《安らかにお眠りなさい——井上靖先生を偲んで》
　　　《日中文化交流》1991年6月

121 中西進　《井上靖『天平の甍』》　《国文學解釈と鑑賞》1992
　　　年10月

122 《井上靖の世界》　《国文學解釈と鑑賞》1987年12月

123 《井上靖——詩と物語の饗宴》　《国文學解釈と鑑賞》1996年
　　　12月

124 《井上靖研究第2號》　井上靖研究會　2003年7月

125 《井上靖研究第4號》　井上靖研究會　2005年7月

126 《井上靖研究第5號》　井上靖研究會　2006年7月

127 《伝書鳩第1號》　井上靖記念文化財團　1993年12月

128 《伝書鳩第2號》　井上靖記念文化財團　1995年4月

129 《伝書鳩第3號》　井上靖記念文化財團　1996年5月

130 《伝書鳩第4號》　井上靖記念文化財團　1997年5月

131 《伝書鳩第5號》　井上靖記念文化財團　1998年11月

132 《伝書鳩第6號》　井上靖記念文化財團　2001年6月

133 《井上靖と旭川》　旭川市：旭川市井上靖記念館　2004年3月

134 《井上靖と沼津》　沼津市：沼津文學祭開催實行委員會　2005年12月

135 《追悼井上靖》　《文學界》1991年4月

136 《追悼井上靖》　《知識》1991年4月

137 《追悼井上靖》　《新潮》1991年4月

138 《追悼井上靖》　《小說新潮》1991年4月。

139 《追悼井上靖》　《群像》1991年4月。

140 《追悼井上靖》　《日中文化交流》1991年5月。

141 佐々木基一、三木卓、磯田光一　《創作合評》　《群像》1981年8月。

142 佐々木基一、大庭みな子、黒井千次　《読書鼎談・井上靖『本覚坊遺文』》　《文芸》1982年3月。

143 井上靖、中野浩次　《対談・小說作法》　《文學界》1983年1月

144 井上靖、大江健三郎　《『孔子』について》　《新潮》1989年11月

145 《井上靖に聞く──『孔子』から『わだつみ』へ──》　《文學》1990年1月

146 《追悼井上靖》　《読書人週刊》　1991年2月18日
147 《井上靖墓前に西域の石》　《読売新聞》　2007年5月9日

後記

　　對日本作家井上靖的關注，始於二○○二年本人重返校園攻讀碩士學位階段。當時在吉林大學圖書館看到一些一九八○年代井上靖從事中日友好關係方面工作的文獻資料，後來又翻看了井上靖創作的《敦煌》《樓蘭》等中國題材歷史小說，其後，發現當時國內對這位作家的研究並不多，於是，開始大量閱讀相關文獻資料準備從事研究。

　　在攻讀碩士學位的第一年的冬天，摯愛的父親突發腦溢血昏迷不醒四十九天，每天兩千多元的治療費用，讓我想放棄學業，重返工作崗位，賺錢為父親治病。就在這個念頭冒出來的第二天，父親突然離世。我想，也許是父親意識到我想棄學的念頭，以他的方式拒絕了我。此後，再讀井上靖文獻資料時，我開始格外留意井上靖對待父親的離世，以及得知自己身患癌症，開始著手創作中國題材歷史小說《孔子》的內容，所以，碩士階段的論文選題是從生死觀的角度解讀井上靖的文學作品。這些年一直關注國內外井上靖文學研究的最新成果　在中日兩國學界井上靖文學的研究成果中，也許我的碩士論文是第一篇從生死觀角度解讀井上靖文學作品的研究論文。

　　雖然井上靖的中國題材歷史小說是以中國的人物或地理為題材創作的作品，但是對於一般的中國人而言，這些人物或地理風貌還是非常陌生的。例如，小說《蒼狼》中的成吉思汗，還有《敦煌》裡的莫高窟。在攻讀博士學位期間，我首先攻克了井上靖中國題材歷史小說中閱讀難度比較大的一部作品——《蒼狼》，因為這部小說內容涉及的少數民族名稱、人名和地名太多，又太長，很難記憶！第一次閱讀這部小說原文時，拿著地圖，還有一堆相關中文文獻對應著看，並在

小說上標注地名、人名的漢語讀法。也就是這部小說，讓我深深佩服作家井上靖的創作勇氣，是何等的熱愛，才敢於挑戰這麼艱難的題材進行創作。為了更好的理解井上靖的作品《敦煌》，也是在博士就讀期間，曾前往敦煌近距離觀看莫高窟壁畫，對井上靖描寫過的《胡旋舞》、《若羌村》有了更直觀的認識。此外，還前往山東曲阜尋訪孔子故里。雖然這些直觀認識對於進行文學研究沒有直接作用，但是，再閱讀研究井上靖筆下的這些作品時，卻感覺好像少了一些隔閡，可能是對作品涉及到的地理風貌本身少了些陌生感，也可能是更加理解井上靖創作的感受。

博士畢業後，進入北京師範大學文學院比較文學與世界文學博士後流動站，博士後的主要工作是要與指導教師合作科研，當時接受的工作任務是做北京師範大學《中國語言文學學科211第三期工程建設課題》之一《新世紀中國文學海外譯介與研究文情報告》（日本卷）工作，這項工作涉及的內容比較廣，所以，近十年來主要工作精力都放在了中國文學在日本的譯介與研究情況調查研究方面。但同時，也一直關注著井上靖文學的研究動態，並寫過三篇研究論文。在這十年間，國內對井上靖文學研究依舊方興未艾。以二〇一八年中國外國文學學會日本文學研究會第十六屆年會暨國際學術研討會上口頭發表的論文內容為例也能夠窺見一斑。中國外國文學學會日本文學研究會是中國國內規模最大，會員人數最多的日本文學研究機構，每年年會參會人數都有一百多人，二〇一八年中日兩國學者在會上口頭發表了一百八十一篇日本文學研究論文，有關井上靖文學的研究論文就有七篇，與村上春樹、大江健三郎的研究論文數量相同，甚至高於夏目漱石、芥川龍之介等作家的研究論文數量，論文選題角度大多集中在中國題材歷史小說方面。實際上，井上靖文學在中國學界的研究現狀也是如此，選擇井上靖文學為研究對象的學者很多，但是選題大多集中在中國題材歷史小說方面，很少有對井上靖其他題材或其他體裁進行

文學作品的研究。如前所述,井上靖是位高產的作家,生前共創作了長篇小說七十四部、短篇小說兩百七十部、散文詩四百六十二首、隨筆兩千餘篇,但是中國學界目前只是對其十八篇中國題材歷史小說進行了重點翻譯和研究,對散文詩和隨筆中涉及到的絲綢之路、西域文化、戰爭反思的內容翻譯和研究不足,對深受中國文學影響的井上靖其他題材的歷史小說、社會小說的研究甚少。儘管研究異國作家的中國題材作品有益於我們瞭解中國文學在異域的傳播變異的情況,但是如果能對創作過中國題材作品的作家進行更加全面的研究,將更加有助於我們瞭解中國文學在異域的傳播影響的全貌。所以,筆者還想把今後研究工作的重心放回到井上靖文學研究方面。於是,將近幾年發表的井上靖文學方面的研究論文與一部分博士論文內容放在一起,重新構架體系,以《井上靖的中國文學視閾》為題,交付萬卷樓出版。

　　是為記

盧茂君

於二〇一八年初夏　長春

東方學研究叢書　1800003

井上靖的中國文學視閾

作　　者　盧茂君
責任編輯　楊家瑜

發 行 人　陳滿銘
總 經 理　梁錦興
總 編 輯　陳滿銘
副總編輯　張晏瑞
編 輯 所　萬卷樓圖書股份有限公司
排　　版　林曉敏
印　　刷　維中科技有限公司
封面設計　菩薩蠻數位文化科技公司

發　　行　萬卷樓圖書股份有限公司
臺北市羅斯福路二段 41 號 6 樓之 3
電話 (02)23216565
傳真 (02)23218698
電郵 SERVICE@WANJUAN.COM.TW
大陸經銷
廈門外圖臺灣書店有限公司
　　電郵 JKB188@188.COM

香港經銷　香港聯合書刊物流有限公司
　　電話 (852)21502100
　　傳真 (852)23560735

ISBN 978-986-478-100-3
2019 年 3 月初版
定價：新臺幣 260 元

如何購買本書：

1. 劃撥購書，請透過以下郵政劃撥帳號：
　　帳號：15624015
　　戶名：萬卷樓圖書股份有限公司
2. 轉帳購書，請透過以下帳戶
　　合作金庫銀行　古亭分行
　　戶名：萬卷樓圖書股份有限公司
　　帳號：0877717092596
3. 網路購書，請透過萬卷樓網站
　　網址 WWW.WANJUAN.COM.TW

大量購書，請直接聯繫我們，將有專人為您
服務。客服：(02)23216565 分機 610

如有缺頁、破損或裝訂錯誤，請寄回更換

國家圖書館出版品預行編目資料

井上靖的中國文學視閾 / 盧茂君著. -- 初版.
-- 臺北市：萬卷樓, 2019.03
　　面；　公分. -- (文學研究叢書)
ISBN 978-986-478-100-3(平裝)

1.井上靖　2.學術思想　3.文學評論
861.479　　　　　　　　　106011082